四季折々の随想

―季節の随想を風に乗せて

後藤千秋 著

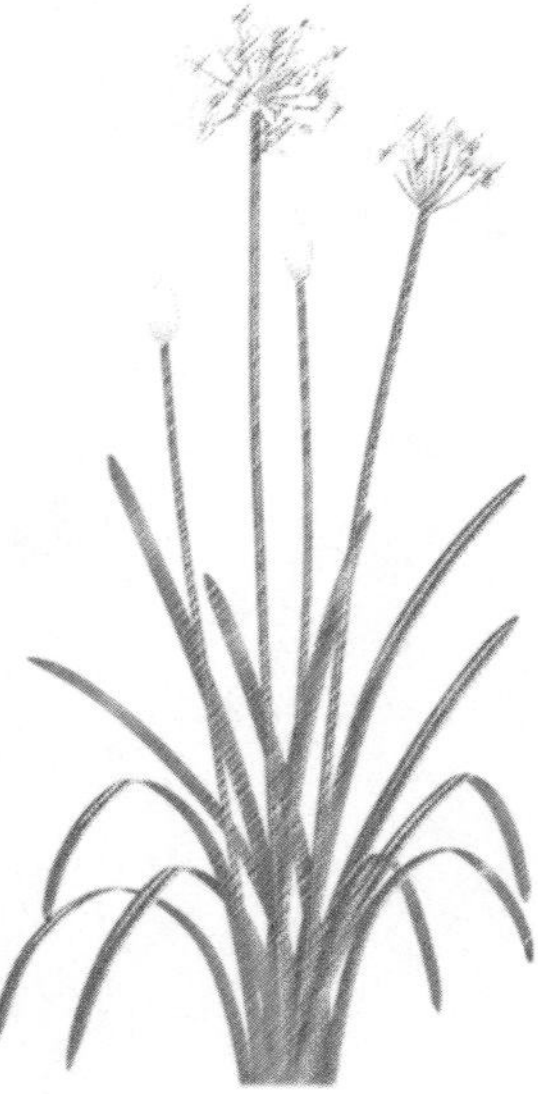

光陽出版社

四季折々の随想

―季節の随想を風に乗せて―

目　次

―夏の風に乗せて―　43

―秋の風に乗せて―　111

はじめに

人生には予期せぬ様々なことが起こる。私もいろいろなことが起こる中で、友の勧めで筑西に開業をして二十年近くになる。そして齢（よわい）もいつしか喜寿を迎える頃となった。思えば短くて長い人生である。

ごとうクリニックを始めてから、糖尿病の患者さん達と一緒に「ばらの会」という患者会を作って長らく学習会などを行ってきた。

またいまの岡芹に移転してからは、『風に乗せて』というクリニック便りを、一ヶ月に一度お届けしてきた。この内容は前半は随想で、後半はその時々の医療のトピックを書いてきた。

移転して十年目と、また私の高齢化もあって、幾人かの患者さんから私が元気な内に『風に乗せて』の前半の、随想を本にしてほしいとのお話もあった。いろいろ考えた末に、今回決意をして本に纏めてみることにした。

今回は『風に乗せて』の随想を中心に、また茨城保険医協会に投稿した文章などや、また雑多に書き連ねた文章を、修正加筆をしてまとめてみた。

医師の前に一人間として生きてきた自分を、可能な限りありのままの姿でみていただき、そこから悩みながら真摯に生きている人間の姿を垣間見て、皆様が生きていく上でのなにかこころのよすがになれば幸いと思っている。

―春の風に乗せて―

新年の風に吹かれて

新年の寒風に吹かれて自転車で街を走っていると、花屋の前で鉢植えの福寿草を見つけた。一鉢買ってきて机の隅に置いてみた。幼き頃、父に連れられて山に行ったとき、陽当たりのよい南斜面にひっそりと咲いていた黄金色の花を見つけた。それが福寿草であった。父は「このあたりでは福寿草は咲かないといわれているが、ここにだけには学説見つけに反して不思議にも咲いているね」といっていた。

その時アイヌ伝説のクノンという美しい女神が福寿草になった話と、西洋ではギリシャ神話の美少年のアドニスが狩をしていてイノシシに突き刺され、亡くなりその時に流した血液から生えたという話を父から聞いた。福寿草の花を見ると、あの頃の父の笑顔を思い出す。

東風（こち）吹いて

毎日の、たくさんの人と向かい合いの診療の中で、ある時はいろいろな症状を聴き、家族や疾患の質問をし、ある時は過去の疾患を聴き、診療の終了後は明日までの紹介状を書き、また検診の結果を記入し、さらに検査結果をチェックする。こういった日々の瑣事に追われる生活の中を、いくつかの季節の光が静かに通りすぎて行き、気づいてみると柔らかく暖かな、あかるい早春の光がふりそそいでいた。

私は山が好きだ。瑣事に追われる日々の中で山へ登ることが明日への活力の源になっているように思う。

山頂から麓まで東風の吹く、柔らかな光におおわれた早春の山がとても好きだ。光と光が交錯し放射して陰のない、冬枯れの木立がうす紫にけむる早春の山が好きだ。野ざらしの厳しい冬をじっと耐えて、生きとし生けるもの全てを明るい光で満たし、小さな命を芽吹かせる早春の山は、どんな困難があってもまた新たな生きる希望と勇気を与えてくれる。そして私も今年もしっかり生きてみるよと樹々たちに語りかける。

沈丁花の香り

暖かい夜風に乗って沈丁花の甘い香りがただよい始めると、今年もまた本当の春が来たのだという思いがこみあげてくる。私が子供の頃に、父が垣根に植えてくれた沈丁花は父への思い出に連なる花でもある。

春という季節には物皆すべてに、新しい意気込みを持って生きる可能性と希望が潜んでいる。燦々と降り注ぐ明るい春の陽光がそうさせるのかもしれない。

どんな小さな努力でも努力は必ず報われる。明日に向かってまた一緒に頑張りましょう。

春雪の惜別

夜遅く玄関の戸を開けると、庭の木々は綿帽子をかぶり、地面には純白の絨毯が敷かれ、そして雪は止むことなく天空から降りしきっていた。人の声もなく、犬のなき声も聞かれず、ものみなが夜の静寂の中で眠りに就いていた。門灯に乱舞する雪をみながら、ある雪の日の別れを思い出していた。

今日が大学の最後という日、空は厚い鉛色で覆われ朝から雪が降っていた。大学紛争の混乱で卒業式はなく、卒業証書は各自が事務に取りに行った。明日からは友にはもう逢えないとのことで、友達数人と理学部の正面玄関で写真を撮り、それから握手を交わし、人生、何があっても健康で生き抜くことを誓い合い、三十年後には必ず相まみえんことを約束して、降りしきる雪の中をコートの襟を立てて新しい人生に向かって皆旅立っていった。

あの雪の日から苦節五十年、みな無事だろうかと案じつつ、「汚れちまった悲しみに、今日も小雪が降りかかる」の中原中也の詩を思い出している。

遥かな友へ

先日は色々有り難うございました。一つは珍しいチョコレートです。二つは妻へのお守りです。三つは地震のお見舞いです。一つ一つに心から御礼申し上げます。

今回の関東・東北大地震には強く心を痛めております。私は仙台におりましたときに、毎週木曜日に南三陸町（以前は志津川町）の志津川町立病院に大学病院からの派遣で外来診療に行っておりました。その頃はホタテの養殖で主に生計を立てている人が殆どで、静かな輝きのある美しい漁村でした。

晴れた日の海は、コバルトブルーの吸い込まれるような青い色が、何故かとても哀しくなるほどの美しさでした。

その町が病院の白い建物を残して瓦礫の土地と化している映像には、とても見るに耐えられない悲しみがありました。人が生きるとはどんな意味があるのか、一瞬にして消え去る命とは一体何故なのか、世の無常を感じさせられます。一人でも多くの人が助かり、元気になれることを切に祈っておりました。

茨城に戻って頑張るとのこと、心強く想っております。短気で、無骨な容姿（これは自分のことです）、しかしどこかに優しさと温かさがある、それが茨城です。勿論良い面もたくさんありますが強い短所によって消されてしまうのでしょうか。全国の県での人気度はワーストワンかワーストツーです。くれぐれも身体に注意して頑張って下さい。

星座と沈丁花

私は昔、父と早春の夜に一緒に出かけた時などは、天空にちりばめられた星座をみては、その謂われをいろいろ教えてもらった。

梅の便りを聞く頃に訪れる暖かい夜には、星影も淡くうるんでいて、ほのかな甘い沈丁花の匂いがそこら一帯にたちこめ、どこか切なく人を恋うるが如き心を掻きたてられるような、切なき思春期の想いがあった。

同時にこんな時にはきまって、父が教えてくれた大熊座の北斗七星を想い出す。はっきりとはおぼつかない花の香り、それは父の思い出と思春期の自分の心の想いとを重ね合わせた甘く切なくやるせない思い出であった。

早春の季節に運動療法で田んぼの中を歩いていると、北東の空にα（アルファ）星「ドウベ」を筆頭に、β（ベータ）、γ（ガンマ）、δ（デルタ）、ε（イプシロン）、ζ（ツェータ）、η（イータ）、とギリシャ文字アルファベット順に行儀良く昇りはじめている北斗七星がとてもきれいだった。

春の夜風のほのかな沈丁花の匂いと、父の教えてくれたこの北斗の七つの星の姿は、私の少年時代の終わりであり、思春期の始まりであったのかも知れなかった。それは早春の北斗七星のかすかな香りとでもいえる、あの甘い儚き切ない想いだったのであろう。

母の来ない卒業式

山から東風（こち）が吹き、梅の花が匂いを起こすこの季節は、別れと新しい人生への旅立ちの季節でもある。

三月、人はそれぞれの希望を抱いて新しい人生に向かって旅立っていく。今、遠い昔、中学三年の卒業式の日のことを思い出している。

母の来ない卒業式が終わり、クラスでのお別れがすんで、昇降口から校庭に出ると早春の淡い雪が風に舞っていた。校庭にはいく組かの母と生徒の集団ができていて、談笑とすすり泣きが聞こえていた。その集団の中に、私に注がれた女生徒のまなざしがあった。生徒会の活動で一緒で、貧しい私にいつでも物を貸してくれた朗らかで利発な女生徒のまなざしであった。

私はそのまなざしを避けることなくみつめ返した。淡雪はその女生徒の頭に懸かっていた。目はうるんでいた。傍の母と何か話し、唇が動きかけた。私は我に返って、無言で「さよなら」といって一礼し、淡雪の中を家に向かって駆け出した。途中で止まり、空を仰ぐと淡雪が目に入って涙が溢れた。私の青春とは内気さや怯懦さやためらいであり、傷つきやすく壊れやすい薄いガラスの球のようなものだったと思う。そして今、遠い青春への激しい回帰願望と限りない郷愁に涙することがある。

無言の別れ、それはまた新たな人生への旅立ちでもあった。

スイートピーの花

陽ざしに早春を感じながら私は食材を求めてスーパーに出かけ、帰りに併設されている花屋に立ち寄った。そこで明るい赤のスイートピーの花を見つけた。その花を見つめているとほのかな甘い香りと蝶の形をした花びらから、ドレスアップした可憐な少女が早春の午後の陽ざしを浴びて、急に飛び出してきそうな気がした。

そして同時に、横光利一の『春は馬車に乗って』を思い出していた。病に伏す妻へスイートピーの花束が贈られ、どこから来たのかとたずねる妻に、夫が「この花は馬車に乗って、海の岸を真っ先に春を撒き撒きやってきたのさ」と答える一節である。そして妻は明るい花束の中に青ざめた顔を埋めて恍惚として目を閉じるのである。

早春は希望と同時に悲しみを乗せた別離の馬車のようにも思える。

七匹の豚のお話

春分の頃には、暖かい日が突然現れて梅も満開になり、そしてまた夕闇が迫る道々に、どこからともなくほのかに甘い匂いがそこら一帯にたれ込める時がある。沈丁花の甘い香りである。そしてそんな夜には、星影も淡くうるんで、何故か思い詰めた人へ切なく心がかきたてられる時期でもある。

今思えば、沈丁花の甘い香りを意識し始めたあの頃が私の少年時代の終わりであり思春期の始まりだったのだと思う。

この頃は夜九時頃に散歩に出かける。晴れわたった夜空に、行く手に立ちはだかるように大きくせり上がった北斗七星に出会える。西洋では熊の形とみられているが、おとなりの中国では、七匹の豚の精と見てきた。幼き頃に父が寝ながら話してくれたこの七匹の豚の「お話」を、今夜空にせり上がった北斗七星を見上げて思い出している。

沢山の「お話」を教えてくれた父に今になっても深く感謝している。「ありがとう、お父さん」と澄んだ星空に向かってそっと話しかけている。

早春の語り種（ぐさ）

天気予報時に、予報士が「本日は啓蟄です」と話していた。土の中でうずくまっていた虫たちも、早春の訪れを感じて動き始める季節とのことだそうだ。「春分」が近くなると中学二年の頃の遠い昔を思い出す。

春分の日とは、昼と夜の長さが同じで、太陽が丁度真東から昇り、真西に沈むと教わった。中学に入って、この真西に沈む太陽がみたくて小高い丘になっている青い麦畑にいき、沈んでいく太陽をみつめた。

当時私の家では田んぼや畑を借り、鶏やウサギも飼っていたので忙しく、友達も少なかった。でも学校ではあまり喋らない背の小さながっしりとした男の子のS君とは仲がよかった。その子はお母さんがいなくなり、おじいちゃんとおばあちゃんと三人で暮らしていて、私と同じく田んぼや畑や鶏や豚の世話をして、遊ぶことがない子だった。

三月の学校の帰りに、ひょんな話から「春分の日」を泳ぎは始めとし、「秋分の日」を泳ぎ納めとしようと二人で決め、友の家の近くにある溜め池でまずは「春分の日」に泳ぐことにした。人目に付かないように夕方に実行した。その日は晴天だったが風は冷たく、二人とも素っ裸で、葦の枯れ草のある沖まで泳いでいって上がった。水もまだかなり冷たく、震えながらお互い裸を見つめ合ってタオルでよく拭いて服を着た。友の持ってきた麩菓子を食べ、「かーちゃんいなくなって寂しくて・・、でもばあちゃんが優しいので・・・」と云って、豚の世話があるのでと帰って行った。彼の後ろ姿をみていたら何故か涙が流れた。

溜め池の西から北は雑木林で、東側は緩やかな丘陵地で、伸び始めた青々とした麦畑だった。私はそこに登って、地平線に落ちていく真っ赤な大きな太陽から真西の地点を確認し、影絵のような落日をみつめていた。

遙かに見える曲がりくねった道を幼き頃にあの太陽を求めて沈まぬうちに辿り着こうと夢中で走った自分の姿を、道の脇の風に唸る枯れススキの群れを、わけもなく湧き上がってくる孤独な寂しさを、そして早春の黄昏の中で起こってくる漠然とした少年の人恋しさを、私は思い出していた。

新学期になってから、校長先生が朝礼で「春分の日に溜め池で泳いだ大馬鹿者が二人いる」と云っていた。学校中の語り種になった。

中学を卒業してからはS君とは会うことはなかった。私が北国にいたころ腎臓病で亡くなった。まだ二十代だった。この時ほど私は運命のいたずらと時代の貧困と家庭の貧しさを恨んだことは無かった。

春分の日には昔のS君の家に行って、お墓を尋ねてみようと思っている。

海

このほど姉の用事で故郷に帰ったとき、車を止めて砂浜に降り、残照を残して水平線に落ちていく早春の真っ赤な夕陽をみつめていた。小さい頃から何故か海が好きで海を友として生活していた。海の近くで育ったということもあるが、貧しい生活だったので、少年時代から寂しくって悲しくって泣きたい時には、大海原の見える岬の突端で一人でよく海をみて思いっきり泣いた。

海はなんの秩序もなく、なんの節度もなく荒れ狂ったり凪たりするが、でもその大きな存在は永遠で、縹渺たる無限の広がりを持っていて、自分の全てを包み込んでくれる気がし、少年時代には辛いことがあると決まって海を見に出かけた。また青年時代にもよく海に向かって叫んだ。「人はなぜ生きなければならないのか」って。

早春の砂浜はゆっくりと薄い鮮紅色に染まり、青みを帯びた夕空は暮色の中で言いようのない優しい光を放って弱く輝いていた。その向こうには凪(な)いで穏やかな海原が広がっていた。沈みかけた真っ赤な大きな太陽が、深紅の炎のごとく輝き、神々しき夕映えを作り出して、私の顔にも降り注いでいた。無人の砂浜は黄昏の中で不思議なくらいに静まりかえって時間は止まっていた。私はふと夏目漱石の『門』の一節を思い出した。「・・・冬の日は短い空を赤裸々に横切っておとなしく西へ落ちた。落ちる時、低い雲を黄に赤に竈（かまど）の火の色に染めて行った」

この小説の主人公宗助は友の妻と心が近づき、抗することが出来ずに、ひっそりと二人で暮らすようになる。友と友の妻と主人公宗助らが見たあの太平洋の「濃い色を流す海」は、それぞれのどのような冬の日の夕映えの色を心に落としたのであろうか、そしてまた男女の愛とは、社会の規範・規矩から外れて男女が生きることとは。早春の暮れなずむ海を車から眺めながら、これらのことを考えて帰途についた。

トポロジー

東風吹いてまず紅梅が匂いを起こし、のち白梅も花を咲かせ、早春は馬車に乗ってやってきた。

ある早春の日曜日に物置で探し物をしていたら、古いプレイヤーとクラシックのレコードが出てきた。理学部の学生の頃に友が呉れたものだった。ほろ苦い追憶が脳裏をよぎった。物理化学系では数学が重要で、大学紛争で荒れていた時期に、三人で数学の勉強をしていた。位相解析など分からない分野は数学科の人に教えてもらうことにし、一人の友が同学年の数学科の優秀な女子を連れてきた。この二人は教養部で第二外国語のロシア語クラスで一緒だった。彼女は質問したところを黒板で説明してくれた。一週に一度二時間ほどの勉強会が半年続いた。最後の勉強会の時に、彼女は流れるようにトポロジーの解説をしてくれた。三月の初旬の北国の、暮れなずむ西日の弱い光の中で、黒板に向かって数式を展開している彼女の姿は、男女の人間的な感情を超えて、濾過され浄化されて内なる輝きを放射する純粋で完全な数学者の美しい姿だった。

母から数学科へいくと気が狂うからやめなさいと云われて断念した自分を激しく後悔した。ふと横の友の顔を見ると、彼は彼女のまなざしの中に身動きもせずに留まり続けていた。のち直ぐに旧ソ連（ロシア）の大学の数学研究所へ留学する彼女を三人で淡雪の流れる駅まで見送った後で、ふと横を向いたら友の目から大きな涙が落ちていた。それから半年後に彼も旧ソ連（ロシア）の大学の物理化学部門に留学した。その時彼が私にプレイヤーとレコードをくれた。

先日送られてきた理学部同窓会名簿を見たら彼女の名字は昔のままであった。早春の弱い光の中で放射する彼女の姿を思い出し、何故か人生の悲哀を感じた。

西行とさくら

四月の初旬の風の強い朝、いつものように用水路に沿って自転車をゆっくりこいで職場に向かっていたとき、突然激しい桜吹雪に見舞われた。

小学一年生の入学式時に校庭に集まっていたとき、強い風とともに校庭に植えてあった桜の木から一斉に舞い散った幻想的な桜の花吹雪の光景を思い出していた。

繚乱として咲き誇った桜が、一夜にして散ってしまう潔さの中には、古い日本的な美を見出すことが出来ると云われている。さくらに生き、さくらとともに死した西行の歌の中にも、はっきりとそれがみてとれる。「願わくは花のしたにて春死なんそのきさらぎの望月のころ」。

西行はさくらの花の散るのを前にして心に翳りがさし、人の死を思って悲しみに浸ったのかと思ったりした。

西行は生きることへの憂いを、そしてまた生きることへの悲しみを身をもって感じていたのかと想像したりする。

そして私にはさくらに纏わる母の思い出がある。母は桜の花が嫌いだった。母の弟が師範学校を卒業して直ぐに海軍に入り、戦地に向かうため母を訪ねて来て、桜の花が咲き乱れる樹の下で泣き泣き別れたとのことだった。しかし彼は「人間魚雷」となって南方の海で戦死したそうだ。母は「さくら散る」

の知らせを受けて幾日も幾日も泣いていたとのこと。私も桜の花を見ると、薄暗い部屋の片隅で小さな弟の写真をそっと抱いて涙を流していた母の姿を思い出す。

今年もコロナ騒ぎで桜を見る機会もあまりないが、花は散っても、赤芽や茶芽や青芽などの輝く色の美しい新芽が、朝日に輝き自然の美しさをみせてくれている。

遠い記憶の桜

クリニックへ行く途中に小さな桜の並木がある。つい二週間前には、その桜を眺めながら、春爛漫と咲き満ちる桜には、品格と優雅さと淡い美しさがあり、そしてどこか潔さとがまざりあった花だと感じた。日本人の美意識の中にしっかりと根を下ろして、私たちの心の中に咲き続けている花でもある。風のある日にその桜並木の下に佇むと、激しい花吹雪が髪にも顔にも身体にもからみつき、繚乱として咲き乱れ散るこの花の美しさに、しばし現実を忘れ、遠い記憶の中の小学校の土手に咲いていた桜の木を思い出す。

お弁当を持っていけなくて、教室から出されて、桜並木の下で一人ぽつんと立って桜を見ていた寂しい自分を思い出す。貧しさがゆえに差別され、いじめられ、傷ついた少年の頃の自分を、桜をみると思い出し、少し感情的になったりする。桜には悲しい思い出が付き纏う。

「清水へ祇園をよぎる桜月夜こよひ逢ふ人みなうつくしき」（与謝野晶子）。

春風に身をまかせ

　ある日曜日に、繚乱として咲き満ちる桜を見上げながら、閑かな昼の太陽に照らされた急勾配の山道を登っていった。途中には光を遮った暗い樹林の雑木林が行く手を立ちはだかり、そしてそこには二匹の「うり坊」が遠くから物珍しそうに私をみていた。長い樹林を登り過ぎると、明るいなだらかな丘に出た。丘の頂の倒れた大木に腰をかけて、眼下に横たわる明るい町の景色を見ていた。木々に囲まれた大きなお寺。白い建物の病院。L字型の学校の屋根の明るく輝いている姿。昼下がりの燦々と降り注ぐ春の太陽に町は静かに輝いていた。

　そして淡い白い桜の花で囲まれた小さな家がぼーとかすんでみえた。私は幼き頃の自分の家を思い出していた。そしてそこに置き去りにしてきた大切なものを、しきりに思い出そうとした。誰にも見られてはならないもので、自分だけの秘密の大切だったもので、誰かに見られたら壊れてしまいそうなそんな気がして、誰にも見られずに庭の片隅にそっと埋めたあの大切なものが何であったか、どうしても思い出せなかった。

　春の明るく柔らかい光は、閑かなる丘の上に燦々と降り注ぎ、私は輝く光の下で、幼き自分とあの頃に夢見たものを語り合っていた。丘の下の草むらから蝶が一匹、高々と天空に舞い上がっていった。私は春風に身を任せて、これからの生きるべき道を想った。光が悲しいほど眩しかった。

アネモネ

先日買い物に行った帰りに花屋を覗いたら、一株のアネモネの花があった。買ってきて庭のヒヤシンスの横に植えてみた。小さい株なのに罌粟（けし）の様な艶やかな紫の花を咲かせている。

アネモネには心に刻み込まれた思い出がある。大学の教養部の頃、ドイツ語の講義でヘルマン・ヘッセの『絵本』という原書を読んだ。この本は五部門から構成されていて、その一つに「イタリア」があり、その中に「アネモネ」という章があった。ヘッセが離婚し、傷心の想いでフィレンツェを旅した時の随筆であった。

「君たちはフィレンツェの春を知っていますか？　さくら草や黄色い水仙があの楽しい野原を素晴らしく美しい色でおおっている時のフィレンツェの春を」「城壁に沿って歩いていて、私は最も美しいものをみた。それはアネモネであった。アネモネはどこでもみられるが、このトスカナ地方で咲き誇っているアネモネほど美しいものはない。それは全てを集めたどんな美しい春よりもずっと美しかった。そして青、赤、白、うす紫、紫のアネモネの花がフィレンツェの城壁の外の野原を覆い尽くしていた。アネモネは笑っていた。アネモネはまるで子供のように、幸福そうに世の中をじっと見つめていた。アネモネは野原を色とりどりに織りなす絨毯をつくった。私は両手一杯にアネモネの花を摘み取って、その花の中に顔を埋めた。そして楽しいことを考えようとした。そこへ一人の貧しい花売りの少女が来て『買って買って、この花買って、おじさん』。私は両手に持っていたアネモネを捨てて、その少女から、涙をぬぐいながら萎えたアネモネを買った」ヘッセの「アネモネ」は私の学生時代の青春の心の中に深く刻まれた文章の一つである。

たらぼの芽

今年の春はコロナ、コロナで頭が一杯で、サクラの花も見ずに終わってしまった。妻が病気をしてからは食料品の買い出しは私の仕事になった。この頃おかず売り場でたらぼの芽のフライがあると買ってきて夕食に食べている。そして静かに母を思い出している。小学低学年の頃、春の終わり頃に母に連れられて、たらぼの芽を取りに行った。母は急な山を登って、山火事の時に火を食い止めるために設けられた山と山の間の広い山道の火防線といわれていた所まで行き、そこから陽当りのよいなだらかな山林に入って、そこに群生していたたらの木の芽を二人で取った。たらの木は二〜三メートルあり、鋭い棘があって注意して芽だけを取るのはなかなか難しい技だった。また芽も一面に棘の生えた獰猛な筆の穂のようなものだった。私は縄をかけて木をたわませて俊敏に芽だけを取るのが上手で母を喜ばせた。たらぼの芽を夢中で取っているうちに、目にゴミが入って開けていられなくなって、泣きじゃくりながら母に訴えた。母はすぐに持ってきた水筒の水で口をゆすぐと、私の目の上まぶたを開け一瞬見て、すぐに舌でまぶたをぺろっとなめた。柔らかい生暖かい感触と同時に痛みは即座に消えた。痛みの消えた目には春の燦々と輝く太陽と木々の真緑が飛び込んできた。このときほど母の機敏さと強い愛情を感じたことはなかった。多くを語らない母と並んで顔を見合わせて微笑み、濃き薄き緑の織りなす山々の景色を見ながら二人でおにぎりを食べた思い出はこの年になっても心に残っている鮮明で美しい一枚の絵画である。家に帰って母は、紙に包んで竈で木を燃やした灰の中に入れて焼いて食べさせてくれた。またたらぼの芽の天ぷらもつくってくれた。

スーパーでたらぼの芽のフライを見ると、春の燦々と降り注ぐ太陽の下で微笑んでいる母を思い出し、ふと目頭が熱くなる。

哀しき少女

コロナ、コロナ、コロナで陰鬱に過ぎ去っていく日々にも、自然の営みは忘れずに季節を運び季節を変えている。コロナ騒ぎの中でも今年も私の好きな五月がやって来、田植えの終わった田んぼには蛙の声が天に響き、青白き月光が田の面に輝き、山には濃き薄き緑の草木が風に波立ち、明るい光が緑の草原の上を流れていく。楢の木の若葉が輝き、すっかんぽの花が風に舞って散りゆく五月、生きとし生けるもの全てが緑と光の中で生きる喜びを謳歌している五月、コロナなどは無いが如きのこんな五月が私はたまらなく好きだ。

この頃よく幼き頃の夢を見る。小学二年生の頃、私は学校ではいつも悲しい目にあっていた。クラスには身体の大きな裕福な家の意地の悪いきかない男の子がいて、母が夜なべをして繕ってくれた服を着て行くと、きまってその大きな縫い目を指でなぞってはずかしめられ、あざけられ、そして反抗してはなぐられ、皆からもからかわれ、先生からも罰を受けた。休み時間に皆がグランドで遊び戯れていると き、私はひとりぼっちで教室の片隅にうずくまって低い声で泣いていた。病弱でいつも一人で机に座って外の景色を見ている女の子がやってきて、私の頭に白い小さな手をのせて、同情深い笑みをたたえながら「泣いちゃ駄目だよ、泣いたら負けだよ」と云っていた。私は顔を上げてその子の青白いむくんだ顔を見、優しい大きな目と出会って、こらえ切れなくなってその子の足もとにひれ伏してわっと泣きだした。「泣いたら負けだよ」となおも震え声で言っていた。それから一ヶ月後の明るい初夏の光の中で、その少女は昇天していった。腎臓の病気とのことだった。

今なぜあの子を思い出すのであろうかと自分を訝りながら緑深い季節の中で、立ち止まっている。

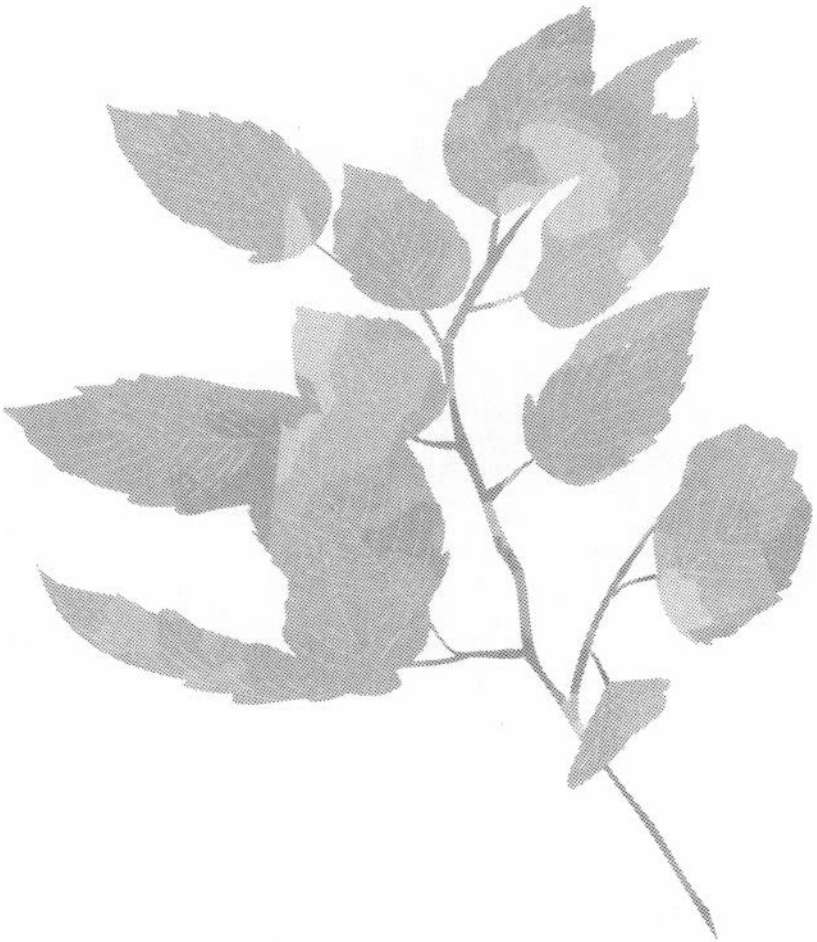

五月の緑の風に乗って

今年も連休が過ぎて、田植えが終わり、夕暮れの空に蛙の鳴き声が響き渡っている。五月の緑の風が頬をなでていくとき、なんと心地よいことかと感じ、自分は今生きていると実感させられる。漸く仕事が終わって、重い足取りで二階の医局の部屋に戻り、開け放たれた窓から地平線を眺めると、水色の空と美しいレース編みの夕焼けが西の空を飾っていた。遠い思い出がゆっくりとこちらにやってきて、柔らかく心を包んでくれる。そして黄昏色が心を優しくしてくれる。疲れ切った身体に明日への希望を与えてくれる黄昏のひとときである。こんな時は立原道造の詩を思い出す。

「美しいものなら　ほほえむがよい。
涙よ　いつまでも　かわかずにあれ。
陽は　大きな　景色のあちらに沈みゆき、
あのものがなしい月が燃え立った・・・」

進歩と変化のスピードが激しいこの医療界の中で過ごしていると、目先の目につくものだけに気をとられて、目に見えないものを見失っているような気がする。

サン＝テグジュペリの『星の王子様』では、王子様と出会って友情を結んだキツネが、別れ際に教えてくれた言葉は「心で見るんだよ。大切なものは目に見えないんだ」と云うことであった。

夜眠るとき「目に見えない大切なものとは何であろうか」ふと考えたりする。それは診療の中では、相互の信頼であり、明日への生きる希望であり、愛を携えて目標に向かって共に歩むことではないかと思っている。そしてこれらの目に見えない信頼と希望と愛とを毎日大切にしていきたいと思う。そして五月の緑の風に乗って、明日に向かって走ってみたい。

石楠花

数年前に小さな西洋シャクナゲの植木を二株買ってきて門の側に植えた。今年も明るく燃えるランプのように華麗に咲き始めた。

中学一年の時に、やっと遠出を許された病み上がりの父と初夏の花園山に登った。出がけに「風邪でも引いて肺炎にでもなったら」と云う母の小言を思い出しながら、父を気遣かい花園神社から七つ滝周辺まで行った。滝の白いしぶきと辺り一帯に咲き乱れていたうす紅色の石楠花の花の景色がとても美しかったのが今でも脳裏に焼き付いている。そのとき父からこの花が「あずましゃくなげ（石楠花）」と云うことを教わった。

大学時代にも何度かこの山に登った。そしてその頃の生きることへの茫漠とした不安と孤独な日々に、この世に自分が生まれてきたことの不幸とこれから生きていくことへの不安と深い悲しみを肩に背負って、この石楠花の咲く花園山に何回か登った。そして香り高い石楠花の群生の下で、その時持っていた心の底から湧き上がる生きることの辛さや寂しさや悲しみに襲われた。そして日常の生活の中でどんな絶望やどんな孤独があろうとも、その時の自分にとってそれらは望遠鏡を逆さにみたような小さな小さな事象のように思えてならなかった。

石楠花の花は自分の青春の生きることへの辛さや寂しさと悲しみの象徴の花だったように思える。

―夏の風に乗せて―

若葉の季節

桜も散って、色鮮やかな濃き薄き緑のおりなす若葉の季節となった。田には水が張られ初夏の月が静かに揺れる頃に、夜一人で天空を仰ぎながら散歩をしていると、星影も淡く、北の空高く昇った北斗七星が目に入ってくる。そしてその東には「うしかい座」をさがすことが出来る。切なく心をかきたてた、はるか遠い青春の匂いがこの季節にはある様に思う。

光に満ち溢れた五月の山々

光に満ち溢れた五月の山々は、濃き薄き青葉若葉の織りなす緑の祭典である。私はそんな初夏の景色が好きだ。田には苗が植えられ、小さな苗は反射する太陽の光と戯れ、やさしい微風とささやき合い、蛙は天に向かって啼き交わし、生きとし生けるもの全てがそのみなぎる命を謳歌している五月、この季節が私はとても好きだ。

そして私は少年時代に夢見たものを、今また五月の光の中で探し求めている。私の夢はいつでも故郷の山河に帰って行く。山の中腹の、五月の昼の太陽に照らされた静かななだらかな丘陵の地に。草の上に寝そべり、光と戯れる若葉と語り、木魂するカッコウに耳を傾け、うららかに澄んだ紺碧の空を見上げ、流れる白い雲と語りあい、遙かに見える海をみつめて泣いた遠い日。そして忘れかけていた母の歌う静かな哀しい歌が、雲に乗って遙か彼方の青い空へと漂ってくのを眺めていた遠い日。

あれから幾星霜、故郷の山のかの地に立つと、人生の長いさすらいの旅路での悩みや苦しみや悲しみや喜びを、あの白い雲はそっと包んで何処へとなく運んでくれる。そして光と戯れる風のように、定めのないものに憧れた遠い日の自分を思い出している。

しかし今は、故郷を離れたさすらい人の青春の夢を携え、しっかりと胸を張り、残された人生への希望という名の風に乗り、光あるうちに光の中で人生の最後の夢に向かって真っ直ぐに進んでみたい。

時鳥（ほととぎす）

五月の中旬の晴れ渡った日曜日に山に登った。華やかだった桜の花も桃の花も終わって、山は濃き薄き新緑の織りなす緑の祭典と云った景色であった。あちこちに咲き始めた山つつじをみながら急峻な山道をゆっくりと登っていくと、「キョッキョッキョキョキョキョキョキョ」と云うけたたましい鳴き声に驚いて立ち止まり、声のする方向をみるると、白色の花を房状につけたうつぎの木に、隠れるように頭と背中の灰色のヒヨドリくらいの鳥が見えた。ホトトギスであった。

「うの花のにほう垣根に、時鳥（ほととぎす）早もきなきて、忍び音もらす　夏は来ぬ　さみだれのそそぐ山田に、早乙女が　裳裾ぬらして、玉苗うぅる　夏は来ぬ」

の唱歌をふと口すさんでいた。

『枕草子』にも「卯花は品劣りて何となけれど、さくころのをかしゅう、時鳥の蔭にかくるらんと思ふにいとおかし」と述べられているように、花には気品は足りなくとも、新緑の緑の織りなす景色の中で、白々と咲いている姿には初夏の香りが漂い、少年時代への郷愁をたまらなく醸し出す。そして、この唱歌は遠い昔の、日本の農村の夏の詩のような歌唱の一つだったのではないかと思っている。

カッコウの啼く山で

五月の山は濃き薄き緑の織りなす初夏の祭典だ。さわやかなやさしいそよ風、光と戯れる目にしみるような鮮やかな若葉、うららかに澄んだ紺碧の空、ゆっくりと流れる白い綿雲、遠くで聞こえてくる響き渡るようなカッコウの啼き声、真緑を背景として紅く白く咲き誇る目を見張るような鮮やかな遅咲きの山ツツジ、これらはいずれも初夏の里山のうっとりとする光景である。そして今年も生きて初夏を迎えられたと独語する。

この緑の光景の中で、カッコウの澄んだ鳴き声が聞きたくて、初夏のこの里山に登る。楢やくぬぎやぶなの樹の間の草原に寝転んで、燦々とふりそそぐ太陽を満面に受けて、カッコウの声をききながら、青空と雲を眺めているのが好きだ。雲は休むこともなく漂い、さすらう。そして若き頃の自分も雲と同じく、大きな夢を求めて時間と無窮の空間をただよいながら、人生を渡って来たような気がする。

カッコウは托卵野鳥として、あまり好まれない鳥として古くから西洋などでも描かれている。しかし最近では、この鳥は羽毛が少なく、自力で孵化するのには適していなくて、やむなく他の鳥の巣に卵を産みつけるのだと考えられているそうだ。日本でもカッコウのことを「閑古鳥」と云って、さびれた様子を表す言葉として「閑古鳥が鳴く」といっている。古来より日本人はカッコウの鳴き声にもの寂しさを感じていたのであろう。芭蕉の句にも「憂きわれをさびしがらせよ閑古鳥」（嵯峨日記）というものがある。

私も長く生きながらえた今、七月の緑の織りなす木々の中で、もの悲しく響き渡るカッコウの啼き声に寂しさを感じ、その声に共鳴する私の寂しい人生があったのだと思っている。

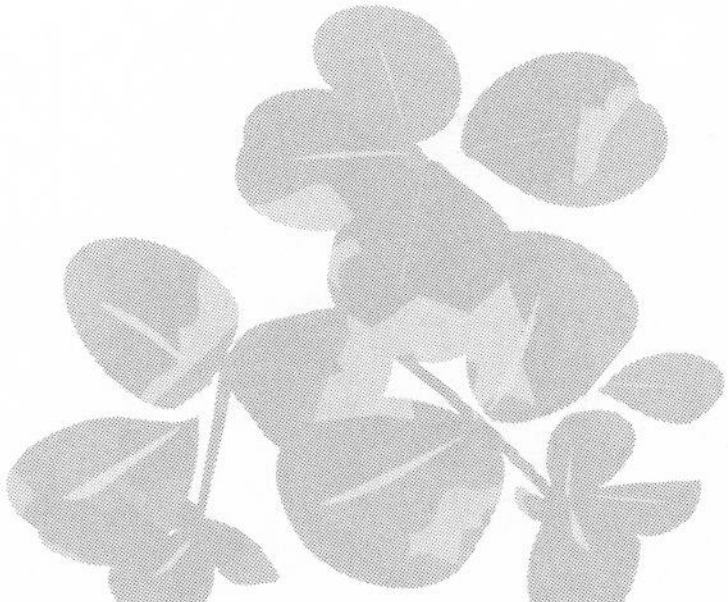

どくだみの花

まだ梅雨入り宣言もないのに、今年はもう梅雨のような気候が続いている。ドクダミの花が咲くと、まもなく梅雨に入るのだと幼き頃に教えてくれた父を、庭の垣根に沿って咲いているドクダミの白い花を見ながらふと思いだしている。

どくだみは、引っ張ってみるとわかるように白い地下茎が伸びて繁殖している。そしてその匂いは決して芳香性といったものではなく、何か悪臭に近い気がする。庭の日陰や湿ったところに、何のわきまえもなく節操もなく生えてくるので、嫌われながらもこの名前を知らない人はいないくらいだ。

父は、白い四枚の花弁の花ではなく、中心に立っている黄色い棒のようなところに小さな花が集まっているのだと言っていた。四枚の花弁に見えるものはハナミズキと同じく、苞葉といって花の基部につく葉っぱのことを言うが、どくだみやハナミズキでは、きれいに花弁状になっているのだと教えてくれた。

またどくだみは医学的には穏やかな緩下剤作用があって便秘や利尿に効くと父は言っていた。梅雨のころに、花と葉と茎と根を全部取り、水洗いをして完全に乾くまで陰干しをしておくのだと、そして保存は、乾いたものを細かく刻み、湿らないように土間に保存しておくのだと教えてくれた。またドクダミは十種の薬の効能を合わせ備えている貴重な草でもあると言っていた。

どくだみはその匂いから多くの人に嫌われながら、また医学的にはその効能から尊ばれている姿は、風変わりな雑草だと思う。人に例えるなら、そばにいると臭くて嫌な奴だが、いないといざというときに困ると云う存在である。どくだみもせいぜい大切に扱っておくべきではないかと思う。

どくだみの花は考え方によっては、変わった花だが、一方稀な乙な花でもある。

ニンニクの花

にんにくの花は六月頃から七月頃に咲く、ほのかな紫色の可憐な愛らしい花である。少年の頃に、母と一緒に叔母の農家の手伝いに行ったときに、畑をあっちこっち歩いていると、刈り取られた畑の中に取らずに残っていた茎からこのかわいい花が咲いていた。はじめは何の花か分からなかったので、茎から取って隠しておいて、帰りに母に尋ねたら、それがにんにくの花だった。にんにくの芽と言われているのは実はにんにくの花茎である。花はこの花茎から咲く。にんにくの花言葉は「勇気と力」で、この由来は効用から由来したものらしい。

花茎の先端には袋状の緑色の総苞と呼ばれる球体があり、小さな花のつぼみとムカゴと呼ばれる種子が詰まったものだ。成長すると裂けて中のつぼみが咲く。長ネギの花である葱（ネギ）坊主と同じである。花が咲くには球根内（にんにく）の養分が使われてしまうので、にんにくとして使用するには、花が咲く前に花茎ごと取ってしまわなければならず、だからにんにくの花を見ることは一般には少ないと云われている。

ニンニクの由来は、今から約三千年前の古代エジプトでは、二十年以上の歳月をかけてピラミッドをつくった作業員に強壮剤として支給されていたそうだ。粗食でも重労働に耐えられたのは、一説にはニンニクのおかげだったと伝えられている。パピルスにはにんにくがその労働者に与えられていた事や労働者以外にも健康維持に利用されていた事が記されている。クフ王が建造したピラミッド内部の壁画には、労働者がにんにくを食べ厳しい労働に耐えている姿が描かれていると言う。

エジプトから地中海を経てギリシャに伝わり、医聖ヒポクラテスが、にんにくの積極的利用を唱えたと云われている。

日本にはインド、中国を経て奈良時代に伝わったそうである。日本では『古事記』にニンニクが出てくる。お隣の韓国から輸入され、ひそかに日本各地に伝えられていた作物だ。主に薬用として使われていた。江戸時代の『和漢三才図会』（一七一三年）には、青森のにんにくは全国に知られており、大きくて約直径二寸（六㎝）もあると記載されている。

ニンニクは古来、韓国語で「ぴる」といい、日本でも、かつては「ひる」と呼んでいた。これがのち、仏教用語で「忍辱（ニンニク）」と呼ばれるようになったそうだ。その意味は「どんな侮辱を受けても耐え忍び、心を動かさない」という意味だそうだ。戒律の厳しかった古代仏教界では、僧籍にある人は女人禁制で、同時に強力に精力を養うニンニクも禁止されていたそうである。

ニンニクの栄養としての働きは「アリイン」という成分による。アリインはアリナーゼという酵素によって「アリシン」に変わる。アリシンは体内ではビタミンＢ１と結合してアリチアミンになる。この成分がＢ１の吸収を促進し、体を動かすエネルギーの生成を持続させたり、糖代謝を促進してスタミナを補給し疲労を回復する。「アリシン」には、この他にもいろいろな働きがある。コレステロール上昇を抑え、動脈硬化の予防にも有効だ。また強力な殺菌作用があり、風邪のウイルスにも効果を発揮する。活性酸素を消去する強力な抗酸化作用もあり、またこのため癌の予防効果もある。また他の成分もあり、高血圧や肥満の予防にもなる。

体力増進には、ビタミンB1を含んだ豚肉や大豆などと一緒に食べるのが良い。アリシンは熱に弱いので油と一緒に使うと比較的壊れにくいとのこと。癌の予防には、ブロッコリー、カリフラワー、白菜、大根などと一緒に食べると良いそうである。

にんにくの花言葉の「勇気と力」は今の時代を生き抜くためには最適の食物かもしれない。

立葵の花と紫陽花の花

薄桃色の花を下からしっかりと咲かせていた立葵の茎が、曇天の天空を見つめてすっくと立ち尽くし、何かを語りかけているような姿は、梅雨の終わりを告げる和やかな景色である。

うす青色から淡い薄紫に、そして見事な真っ青な花へと一雨ごとに花色を変えて咲かせていた紫陽花の花も、照りつける六月の太陽の中で赤みを帯びた美しい顔を見せるのも、幾分力なく見える姿はいよいよ梅雨明けの徴候なのであろう。

梅雨の終わりはどこかわくわくしながらも、ちょっぴり寂しく、何故か切ないものを感じる。紫陽花の花は移ろいゆく人の心と社会とを表しているようで、儚い夢を追い求める愚直な青年に、やさしく人生のいろはを教えているようにも思える。微笑みと孤独と沈黙は夏の始まりを告げ、紫陽花の花の終わりを告げているように思える。

梅雨の思い出

今年も梅雨の時期がきた。この時期には雨に打たれ真っ直ぐに天に向かって大志を抱く立葵と、小雨に濡れて切ない情感を漂わせている紫陽花の花が人知れず美しく咲いている時期でもある。

梅雨にはいくつかの思い出がある。小学生の頃、学校の帰り際に土砂降りの雨が降ると、生徒のお母さん達が傘を持って昇降口で待っている姿を尻目に、私は小学校から家までの約二キロの距離をズボンをまくって走って帰った。父が病弱で、母は朝から夜遅くまで働いていたので、私を迎えになど来れるはずがなかった。びっしょり濡れた服を着替えて、そっと洗濯物入れに入れておくと、母が夜帰ってきてその洗濯物をみて「迎えに行けなくってごめん」と言う母の哀しそうな顔を見て、「俺ね、雨の中走るの好きだよ」と答えた。今でも「あめあめふれふれ母さんが、蛇の目でお迎え嬉しいな」という童謡がどうしても好きになれない。

中学生になって父が持っていた本の中から北原白秋の詩集を見付け、その中の『落葉松』の詩が好きで覚えた。梅雨時の小雨の日などに、雨に濡れながらこの詩を口ずさんで近くの松山に登ったりした。

「からまつの林を過ぎて、
からまつをしみじみと見き、
からまつはさびしかりけり、

たびゆくっはさびしかりけり」
「からまつの林の雨は
さびしけどいよいよしづけし
かんこ鳥なけるのみなる
からまつの濡るるのみなる」
青春期にはポール・ヴェルレーヌの『都に雨の降るごとく』の詩を思い浮かべながら、顔を天に向けて雨に打たれて彷徨い歩いた。「人は何故に生きるのか」と悩み苦しんだ青春の日々。梅雨時にこのべルレーヌの詩をそらんじながらあてもなくずぶ濡れになってただ天を向いて涙し、彷徨い歩いた遠い日々の自分。
都に雨の降るごとく
わが心にも涙ふる
心の底ににじみいる
この侘びしさは何ならむ
大地に屋根に降りしきる
雨のひびきのしめやかさ
うらさびわたる心には
おお雨の音　雨の歌
帰り来ぬわが青春の遠い日々を、今机に向かって梅雨時の寂しい雨の音を聞きながら思い出している。

ある日の紫陽花の花

東日本大震災から三ヶ月が経過したある日のこと、今年は震災の衝撃で春が無く、気づいてみたら庭の隅でひっそりと雨に打たれて紫陽花が鮮やかな青紫の花を咲かせる水無月の季節になっていた。

もう遠い昔のことである。学校の帰り道で、急にふりだした早い雨足に追われて、一目散に駆け出し、古い家の軒先に転げ込んだ。鞄の中の手ぬぐいで顔を拭きながら、ふとその家の玄関の脇の薄暗い窪地に、雨に濡れて天を仰いで咲いていた真っ青な紫陽花の花を見つけた。与えられた環境の中でも、精一杯咲いていたこの花の姿が、厭世的だった私に生きることを励ましてくれた。若き日の寂しき自分に、真摯に生きるのだよと無言で語りかけてくれたこの紫陽花の花。

「人はなぜに生きるのか」と苦悩し続け、鏡の中の自分に強い嫌悪を感じて、傘もささずに水無月の降りしきる雨にうたれて彷徨（さまよ）い歩き、ずぶ濡れになってたどり着いたのは一軒の家の庭の前であった。そして唇に届いた涙のほろ苦さに、天を仰いで溢れでるものをじっとこらえていたあの頃の自分。ふと見たその家の庭に、雨に向かって凛々しく、慎ましく、そして真っ直ぐに空を向いて力いっぱい咲いていた真っ青な紫陽花の花。悩める青春の日々に、私はこの花に出会い幾度となく生きることを励まされた。

青春時代の「人はなぜに生きるのか」と悩み自問し続けた自分の姿を、梅雨のこの時期に紫陽花の花を見るたびに寂しく想い出す。

長く生きていると沢山の苦しみや悲しみや寂しさに出会う。そんなとき私は苦しみや悲しみや寂しさを碧い空に向かって両手を広げて、白い雲に乗せて送り出してきた。そして心に人知れず小さな夢と希望を持ってそっと生き続けてきた。

病気があっても、「一病息災」で療養生活を頑張れたらと良いと思う。食事療法に運動療法、そして明日への小さな夢と希望を持って療養生活に励めたら素敵だと思う。

今朝も雨にうたれて、庭の片隅でひっそりと青紫の紫陽花の花が咲いている。まだ当分梅雨は続きそうである。

人生の生きるすべを教えてくれた花

今年も庭の片隅に紫陽花の花が咲いた。淡紫から薄桃色へ、そして雨がきて紫青色へと色を替えていく花。なぜか心惹かれるゆかしくき花だ。雨に濡れて、陽がさして、また濡れてを繰り返す梅雨時の紫陽花には、情熱とせつなさと、生きることへのはかなき夢と嘆きが込められているように感じる。降りしきる雨の中で、沈黙して微笑んで、自分を変え、それでも自分を失わずにいる紫陽花の花。人生の生きる術を教えてくれる花である。この花が終わる頃には灼熱の太陽が顔を覗かせる夏である。

合歓（ねむ）の花

私がまだ仙台に住んでいた頃、七月の梅雨がまだ明けやらぬ時候に、所用で友の車で酒田に行った。用事が早く終わり象潟まで出向き、かん満寺の芭蕉の銅像と句碑を案内された。銅像の前には「西施」の絵の石碑もあった。その日はしとしとと雨が降っていた。園内で合歓（ねむ）の木を眺め、芭蕉の句碑を読んだ。「象潟や雨に西施が合歓の花」芭蕉も雨の中の水辺に濡れて咲く合歓の花を、象潟のまちを背景にして見たものと思う。寂しさと哀しみを醸し出す象潟の合歓の花の風景の中で、悲劇の越の絶世の美女「西施」の哀しげな面影を思い浮かべながら句に投写したのだと勝手に思った。

遠い昔、父と夏の山路を歩いて、ようやく人里近くに来て、小川の流水を堰き止めた水車のゆるやかな音の近くの土手に腰を下ろし、ふと目をやると小川の向こう側にひっそりと夢のように合歓の花が咲いていた。私は周囲の真緑の中で、合歓の花の美しさに静かで穏やかな感動を覚えた。そのとき「この花はほほえみを浮かべた優しい花だよ」と云っていた父の言葉をいまでも思い出す。

心の慰めの花

今年も早や水無月の頃となった。庭の片隅には今年も紫陽花の花が咲いている。若き日にどれだけこの花によって救われたことかとふと思い出している。心ときめく哀しみを抱いて、小雨の中を彷徨い、青春の儚さを独り嘆きながら、ふと出逢った銀の雨にけむる紫のこの花にそっと語りかけた遠い日々。罪の意識を覚えながらこの花の中に燃えるまなざしを求めて、己の情念をそっとこの花に語りかけた孤独な若き日の己。真青な紫陽花の花はいつも微笑みながら天を見つめてそっと私を包み込んでは、私の心を鎮めて勉学へと向けさせてくれた。心ときめく哀しみをいだいて六月の梅雨の中を彷徨い歩いた若き日の己。そしてふと出逢ったこの紫陽花の花に優しく包み込まれて、あの情念の炎を何度も鎮めてもらい勉学へとそっと導いてもらった。

その後も心ときめく哀しみの炎を幾度か鎮めてくれた青春の日々。雨に打たれてにこやかに微笑む紫の紫陽花の花が今年も庭の片隅に咲いている。もうじき夏が来る。

黄色いバラ

不順な天候の中でも今年も梅雨がやって来た。私は梅雨が来るといつも思い出すことがある。それは垣根つたいに父が植えた黄色のつる薔薇のことである。小学校低学年頃に、本降りの雨も小雨になって明るくなった夕方に、病院から帰って縁側に出ていた父が、「虹が出ているぞ」と私を呼んだ。東の空に大きな虹がかかっていた。そしてその時、ふとみた垣根の、雨に濡れた黄色の薔薇の花が咲き乱れている光景に、虹よりももっと心を打たれた。薔薇の花をじっと見つめていた私に、父は「黄色い薔薇は紀元前からバビロンやギリシャで栽培されていた花だよ。花ことばの『嫉妬』とは裏腹に、奥深い美しさがこの花にはあるよ」と云っていた。梅雨が来るといつも、遠い夕陽の野のもとで、黄色い薔薇に囲まれて微笑んでいる父の姿を思い出す。

梅雨が明けると灼熱の太陽の季節である。食事療法と運動療法にこつこつと励んで、血糖コントロールを良くして、夏本番に備えましょう。

「愁いつつ　丘にのぼれば　紅いばら」―与謝蕪村―。

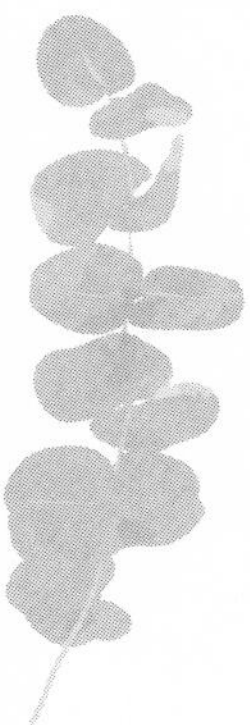

リラの花咲くころ

コロナ騒ぎの中で、季節の変遷をじっくりとかみしめることもなく、慌ただしく過ぎている今日この頃。六月と云えば昔は田植えを終えたばかりの季節であった。今でも筑西では供給水の理由からか六月に田植えをしている場所があると聞く。

しっとりとした雨の季節の田植えは、どこか心落ち着くものがある。また六月の花といえば、それは紫陽花の花である。またこの時期に薔薇も咲いている。私の父が好きだった立葵もまっすぐに天をみつめて咲いている。サツキも鮮やかな色彩で咲き誇っている。またライラックの花もこの季節の花である。私も三本のライラックの花を買ってきて庭に植え、二本は毎年花を咲かせている。

学生時代を北国で過ごし、住んでいた街の大通りで、六月に決まって「ライラック祭り」があった。私は理系の学生だったのでかなり勉強も忙しく、アルバイトも大変だったが、それでも一度だけ友とこの祭りを見に行ったことがあった。花よりも人の方が多かったのだが、淡紫色の豊かな円錐房状に小さな筒状に咲いている花は美しく香気も放ってたことを覚えている。

また私が教養部の学生だった頃、ドイツ語の教授が講義を、大学付属の大きな植物園の中の「ライラック並木」の下の芝生で、してくれたことを思い出す。二十種類のライラックの並木の下で、ヘルマン・ヘッセの「イタリア紀行」の講義だった。学生時代を思い出しながら、勉強とアルバイトに明け暮れて、今頃になって何の遊びもおぼえなかったことを後悔している。ライラック（リラ）の花言葉は「若き日の想い出」と「初恋」とも云われている。六月の「梅雨冷え」の頃には、北国の「リラ冷え」を思い出しながら、学生時代をあれこれと懐古している。

夏は夜

雷鳴がとどろき、激しい雨が大地を走り回ると、きまってその後には灼熱の太陽が怒り顔で大空を占拠し続ける。そしてこの季節には、真っ赤に燃える太陽の下での帰り来ぬ遠い日々を思い出す。

「夏はよる。月の頃はさらなり、やみもなほ、ほたるの多く飛びちがいたる」（枕草子）などを、静かな夏の夜更けに読んでいると、何故か心が和んで来る。遠い平安の昔にもほたるを愛しみ、月を愛でる心深き人達がいたのだと思うと、自分ももう少し古典を学びながら生きていたいような気がする。

一日の仕事が終わり、真緑の田の彼方の、西の空を夕焼けがレース編みのように美しく飾るとき、少年時代の遠い思い出が田の緑の絨毯の上をかけ巡る。夢を求めて走り続けた少年の日々。沈みかけたあの大きな太陽が沈まぬうちに追いつこうと、田のあぜ道を無我夢中で走り続けて、たどり着いた小川のほとりに座り込み、やさしい黄昏に包み込まれて、なお希望と夢に満ちていた夏の夕暮れの少年の日々。そこには生きることへの何の疑問もなかった真っすぐな、純真な心の少年の日々だった。

七月の長い雨

再び増加傾向にあるコロナ禍の中での鬱陶しい雨の季節はなぜか寂しい。今年も雨の中でしっとりとムクゲの白い花が咲いている。十年前に二本を買ってきて植えた。どちらの木も沢山の花を咲かせている。真っ白い花びらは蝶の羽のようにうすく、どこか寂しげで、儚いかんじの花である。朝開いて夕にはしぼみ、二度とは咲かない花。雨に打たれて静寂と優しさとそして幻のような純白の花。韓国の国花だが、哀しい歴史を担って咲く美しいかれんな花である。

雨夜に徒然草などを拡げて読んでいると、「岩にくだけて清く流るる水の景色こそ、時をもわかずめでたけれ。嵆康（けいかう）（中国の竹林の七賢人）も「山沢（さんたく）にあそびて魚鳥を見ればこころたのしぶ」と言へり。人どほく、水草清き所にさまよいあるきたるばかり、心なぐさむことはあらじ」（第二十一段）。兼好法師はあの戦乱の時代でも山や水辺が好きで歩いていたのだろうかと思う。山や小川は彼の心の慰みとなっていたのであろうかなどと勝手に推測している。

そして水けき時期に思い出す詩がある。それは立原道造の「のちのおもひに」である。

「夢はいつもかえって行った　山の麓の寂しい村に　水引草に風が立ち　草ひばりのうたひやまないしずまりかへつた午さがりの林道を　・・・」

雨の夜などもしっとりと落ちついて、いろいろ考える時間としてはいいかもしれないと思っている。

はまなす

あれは大学教養部二年の長い学部移行の試験が終わった七月の頃であった。同じ寮のドイツ語クラスの同級生が帰省するので、一緒に来ないかと誘われた。道東のサロマ湖出身の友であった。よく勉強はしていた友であった。ヘルマン・ヘッセを原書で読むドイツ語の時は、いつも私の隣に座って私のヘッセの訳を写していた。

七月の末に二人で夜行列車に乗って次の朝、網走に着いた。彫りの深い丸顔のふっくらとした友の姉が駅まで迎えに出ていて、そこから車で観光客のいない原生花園につれていってくれた。晴れ渡った紺碧の空の下で、どこまでも広がる群青色のオホーツクの海、遠くまで続く広々とした真っ白な砂浜、そしてそこに群生して咲き誇っている紅紫色の香りの高い大きな五弁のハマナスの花。

「花の命は短く、一日限りで散ってしまいますが、見渡す限りのハマナスの浜だから、今は次から次へと咲き誇りこの美しい花が絶えることはないのです」と友の姉はいっていた。また「ハマナスは薔薇の一種だから、棘があり花の美しさに惹かれて触ると指を怪我するので棘には十分注意してね」とも云っていた。

北国の夏の太陽を謳歌し、甘美の嬌名をたたえられて咲き誇るこの花を見ながら、私は群青色のオホーツクの海をみつめ潮騒の音を聞きながら、砂浜を思いっきり走った。疲れて砂浜に仰向けに寝た。

紺碧の空、群青の海、潮騒の音、潮風の匂い、そしてハマナスの美しい花。すがすがしい空気を胸いっぱいに吸い込んだ。広大な北国の大自然の美しさと人間のちっぽけさを思い、平和と喜悦と悲哀とがない交ぜになって心を満たし、止めどなく涙が流れた。生きているのだ、今自分はと。帰りに一個の貝殻を拾ってそっとポケットに入れ、三人でまたサロマ湖の友の家に向かった。

友は工学部の建築科に、私は理学部の物理化学に進んだ。同窓会誌で彼が物故者で出ていたのは今年のことであった。今でもあの貝殻を耳に当てると、遠いオホーツクの潮騒がいつまでも聞こえてくる。

みかげ石

八月に入って新型コロナ感染症が第五波として、大きな広がりをみせている。毎日全国では一万人を超える人がコロナに感染し、医療もかなり逼迫してきている。変異株の出現と先の見えないコロナ対策にいらだちと不安を募らせているのが医療従事者の実情である。

この頃なぜかよく昔のことを鮮明に思い出す。大学の教養部二年のドイツ語の講義でシュティフターの珠玉の短編の『水晶（Bergkristall）』と『みかげ石（Granit）』を読んだ。『水晶』は雪山の奥深くを道に迷ってさまよい歩く可憐な兄妹の姿を描いたものである。雪の中で兄の云うすべての言葉に「Ja, Konrad!（そうよ、コンラート）」と答える少女の澄んだ言葉がいまでも頭の中に残っている。

『みかげ石』は主にペスト（黒死病）の話である。母に叱られた少年を連れて、祖父が隣村への行き帰りの道すがら、その地方に伝わる話を美しい自然を背景に語り聞かせる内容である。十四世紀に美しい村をペストが突然襲いかかり沢山の人が死んだこと、お墓では間に合わずに死んだ人を野原に埋めたこと、教会は死人が多くてミサが出来なかったこと、一人の農民が三つ叉の銀松の上に止まっていた一羽の小鳥の、「リンドウとみつばぐさをおあがり、そしてはやく元気におなり」と歌うのを聞いて、走って帰って神父さんに伝え、神父さんが生き残っている村人に伝え、ペストが少しずつ衰え始めたこと。また森のピッチ焼きの男が妻と子供を連れて誰も来れない森の一番高い所に移り住んだが、小さな男の子を一人残して皆ペストで死んでしまったこと。しかしこの子は火をおこし、森の物を食べて賢く懸命に生き伸びたこと。あるとき茂みの中に倒れていた女の子を見つけ必死に看病をして助け、やがて森の頂上にいた二人は、川を下っていけば村にたどり着けると考え実行し何日もかかって知らない村に着き、生き残っていた親切な村人によってそれぞれの親類に手渡されたこと。

最後に、ペストが治まり、男の子がやがて成長し優秀なピッチ焼き職人となり生活していたある日、美しい若い娘がピッチ焼きの小屋にやってきて来て、その娘は紛れもなく森で助けたあの女の子であった。娘と一緒に来た叔父から娘の屋敷に来て一緒に暮らしてくれないかと懇願され、この男は娘の夫になり、屋敷も、田畑も、牧場も、召使い達もみんな男のものになったこと、聡明なこの男は、妻からも召使い達からも尊敬され愛され立派な人として一生を終えたとなどを祖父は孫に話した。

人間の運命とはなんとさまざまであろうかと今コロナの感染拡大の中で考えている。ペスト蔓延の時代よりは、医学医療が遙かに進歩している今日、コロナ感染を乗り越え新しい時代を創っていくためにも、感染予防を徹底していかなければならないと思う。未来を変えるためには今日の自分を変えて実行していくことであろう。

シュティフターは別の項で、次のように云っている。「すべての人間は他のすべての人間にとって一個の宝石であるゆえに、万人が宝石として守られんことを欲す」と。

父の話

八月が近づくときまって父のことを思い出す。父の命日は八月九日である。長崎が被爆した日でもある。私は幼少時から父にはいろいろな「お話」をしてもらった。おとぎ話、中国の故事、ギリシャ神話、草花にまつわる逸話、日本の古代史など、毎晩寝ながら、お風呂に入りながら、また里山に二人で登りながら話してもらった。

父は「お話」は上手ではない。しかし、とつとつとして静かに独特の抑揚を持って話す話し方に、幼き私はいつしかいつも引き込まれていった。涙をこぼしたり、怖がったり、喜んだり、笑ったりの幼き私の姿に、父はやさしく微笑んでいた。私が「お話」のおねだりをすると、どんな時でも快く何かを話してくれた。

私がまだ小学校低学年のある冬の寒い静まりかえった夜、炬燵に入って本を読んでいた時に、誰に聞かせるでもなく初めて自分の戦争体験談を話した。私が小学校高学年になると、何か機会があると、父は私に戦争の体験談を話してくれた。

ある夜、家にいると、空襲警報がなって、父母は三人の子供をつれて防空壕へ走り、そしてその晩は三度も空襲警報があった話。また当時二歳の兄が防空壕から出て行っていなくなり、父が探しに行ったら、頭上を砲弾が飛ぶ中で、真っ赤に燃える街を兄はしゃがんでじっと見ていたとのこと。終戦も近づいたある夜に、空襲警報と同時に巨大なB二九が低空飛行でやってきて、いきなり屋根を破って焼夷弾が落ちてき、父が必死で布団をかぶせて庭に投げ捨て、一家が死なずに済んだ話。また父が仕事の帰りに多くの人と一緒に防砂林の中を通っていると、小型戦闘機が数機飛来し、周りの人がばたばたと目の前で撃たれて倒れ、しかし小型戦闘機は執拗に何度も何度も折り返してきては父を銃撃し、樹の陰で身をかわし銃弾をよけながら、何とか父と数人だけが助かった話などを、淡々と話してくれた。そばで聞いていた母は、弟が二十六歳でガダルカナル島で玉砕したこともあって、涙を流しながら「戦争だけはもう沢山だ」と口癖のように言っていた。

私は戦争を知らない世代である。私は終戦の翌年一九四六年八月に日立で生まれた。物心がついた頃の日立は何もない荒涼とした土地であった。艦砲射撃で、街が焼け野原になったからだという。上級生たちは二部授業制であった。午前か午後に学校へ行けばあとは休みであった。しかし私が小学校へ入学するときには学校が新設された。午前も午後も授業はあった。私は大いにがっかりして、母に学校へ行くのが厭だと駄々をこねた。母は当惑しながらも、私をとても叱った。

戦後七十五年が経って、いままた「憲法改正」が声高に叫ばれている。あの戦争で軍人・軍属二百三十万人が死亡し、本土空襲で民間人だけでも五十万人が死亡した。

人はなぜ殺しあうのか。話し合いでなぜ解決ができないのか。人類は長い歴史の中で、世界を俯瞰し歴史を俯瞰して、この答を捜し求めてきたはずだ。

今こそ命の尊厳を高らかに掲げて、人をして最も非人間たらしめる戦争を憎み、平和の大切さを訴えて、共に生きていかなければならないと思う。今年もまた暑い夏が来そうである。

七月の雨

朝、犬に起こされて、裏庭に犬と一緒に用を足しにいくのが私の一日の始まりである。七月の中旬でも、まだ朝は連日のようにしとしとと雨が降っていた。伸び放題の庭の草むらの中へ入っていく老犬を、傘の中に入れるためについていくと、塀のそばの木にほんのりと紅をふくんだ白い花が雨に濡れて静かに咲いていた。ムクゲの花だった。白い花びらはとても薄く、どこか儚く、どこか哀しげで、みていて寂しくなった。傘をつぼめて降りしきる雨を仰ぎつつ、しばしみとれていた。そして花の淡い美しさに引き込まれていくような錯覚に陥った。朝咲いて夕にはしぼんでしまう花、翌日には決して二度と咲くことの無い花。雨にうたれて静かにやさしく、うつろいゆく純な姿を、幻のように儚く哀しく咲かせる花だと思った。振り向くと犬は雨に濡れてとぼとぼと玄関に戻って行った。

職場から戻るときも雨はまだ降りしきっていた。自宅へ車を走らせながら、朝のムクゲの花の可憐な寂しげな姿を思い出し、三木露風の『廃園』の中の「雨の歌」を口ずさんでいた。

静かなる心の上に
やはらかに落つるひびき
雨の音こそはなつかしけれ。
・・・・・・・・・・・

ああ、さらにもまたふりそそぐ憂いのしらべ
ききをれば切にも恋し、
夢のごと心の上に
泣き沈む夜の雨を・・・・・・・・・・・・・
人間は、過去も現在も未来も、悩み苦しみ悲しみもだえながら、愛や憎しみと一緒に生きていくのだ
とつぶやきながら、遠い青春時代のあの北の都で、天を仰ぎ雨に打たれながら彷徨（さまよ）い歩いた
日々を思い出していた。

海辺の出来事

それは中学一年の夏の頃であった。僕はサッカー部に入ってまだ三ヶ月にもならないよく晴れた土曜日の夕方だった。部の練習が終わって部員皆で砂浜に行くことになった。海と云っても学校から海岸までは二キロメートルもなかった。曲がりくねった道に沿って防砂林を超えるとそこは広い砂浜のある太平洋であった。（その頃は海岸線に沿ってローカル電車が走っていた）

その日も黄昏迫る防砂林の中の曲がりくねった細い道を列をつくって歩いて行った。海に出る近くまできたときに、反対側から他校の中学生の集団がこちらに向かって歩いてきた。帽子の徽章から隣町の中学生だと分かった。先頭がすれ違った時に、二言三言の言葉が飛び交ったと思った瞬間、たちまち入り乱れて乱闘が開始された。驚くべきほどの敵意のある繊細さであった。ベルトが円を描き、帽子が空中に舞い飛び、赤松の枝が折れて、何人かが倒れてはまた起き上がった。私もどうもがいたかは定かではなかったが、二度ほど倒されて漸く起きたときには頭から血が流れ出ていた。短時間の出来事ではあったが激しい殴り合いであった。

星屑のような何かひどく贅沢な火花をあたり一面にまき散らして、五分後にはお互い乱れたままの体型で砂浜の左右に駆け足で分かれた。そして隣町の中学生は防砂林の別の道を駆け抜けて去っていった。

夕闇が迫った海辺には空しい静けさだけがのこった。誰も押し黙っていた。私は先輩が押し当ててくれた手ぬぐいで頭の傷を押さえていた。青春無頼の演じた無意味にして無益な愚かな喧嘩の空しさ。その後とぼとぼと家路について歩きながら、深まり行く夕闇の中で、悲哀の念に強く打たれた。

時々、七月の梅雨の終わりの時期に、故郷の海辺を思い出すとき、遠い昔のあの時の情景がまざまざと思い出されて、己の少年時代のあの鮮烈な敵意の繊細さを懐かしく思い、そしてもし戻れるならもう一度あの少年時代へ戻りたいという激しい回帰願望と、あの頃の純粋無垢な少年達への強い郷愁を禁じえない。

織女と牽牛の愛

七月になって、また夜の散歩に出かけるようになった。梅雨が明けると急に夜空も夏になっていた。七月の夜半には天頂に輝く明るく美しい星が見える。夏の夜の女王の織女星で、こと座ベガである。幼き頃に父が語ってくれた七夕伝説の織女と牽牛の話を思い出す。天帝の娘・織女が牛飼いの青年牽牛と結婚すると、とても熱心に行っていた機織りの仕事をしなくなり、怒った天帝は二人を天の川の両側に引き離し、七月七日の夜だけ逢うことを許した。織女は渡し船に乗って天の川を渡るのだが、雨が降ると渡れないのでカササギの天の川に広げた羽の橋の上を渡るのだと教わった。

少年の頃に五色の短冊や色紙に願い事を書いて竹竿に飾った七夕の夜に、どこかあわれを感じたのは、ゆく夏の寂しさからではなく、織女と牽牛の愛の行方をおぼろげに考えたからだと思う。

私にとって青春の愛とは、究極の至福感ではなく罪の意識の中で燃えつきたいと願う少年のあの切い愛にも似ていたと思う。流れ去る時を見つめて、静寂さの中に身を横たえ、孤独を感じつつ求めた切ない青春の愛こそが本当の愛ではなかったかと。自己の全てを占める幸福感や二人だけの永遠とも思える世界で、孤独も不安も死の絶望もない世界で、肉体と精神の統一された気の遠くなるような恍惚とした飛翔感だけが存在する青春の愛、この愛こそが真実の愛でなくて何であろうかと遠い青春の頃には考えていた。そして今、七夕の夜の織女と牽牛の愛のあわれに、そこはかとなく思い巡らせている。

八月の入道雲

今年の八月の気温はかなり高い。昔の八月とは比較にならず、地球温暖化の現象かとふと考える。私の登る里山は、晴れた日は山頂から麓まで光におおわれた山である。麓の部落からも光を発し、八月の光と光がぶつかり合って、かげのない山をつくっている。見晴らしのよい青いすすきの斜面に立つと、麓の部落には点在する家々があり、田畑があり、そして光の中を人と犬がゆっくりと歩く懐かしい光景がある。そして部落の後ろの山から、八月の光の中で、聳え立つように白く輝く入道雲が見られた。夏の昼下がりに、命みなぎらせて雄雄しくそそり立つ入道雲。それは遠い昔の自分の青春の雄渾な活力であり、輝く命であり、そして明日への希望でもあり、平和への祈りでもあった。

今は、草原に寝て、小鳥たちのたのしく繰り返す美しい声をきき、緩やかに流れる熱い風をうけて、自分には叶えられなかった夢と希望を、若い世代に託していこうと、そしてそのためにも、確かな目標を持ってしっかり生きてみようと想った。

ふと眼下の茂みの中で静かに揺れる白い山百合の花をみて、いつしか子どもの頃のけがれなきあどけない心に帰っていた。そして私は活力と命と希望を思い出させる八月のあの白く輝く入道雲を決して忘れない。

明日に向かって

一、青少年の頃の「時」

七十歳を過ぎてからの「時」の経つのが早いのには驚きを感じる。夕焼けを見るたび、一日の短さに気付き、そして何かとても大切なものをあの夕焼けの向うに置いてきてしまったような、そんな焦燥感に駆られる。

少年時代の一日はとても長く充実したものであった。山で小鳥を追いかけ、田んぼでどじょう堀りをし、疲れ果ててもなお大きな真っ赤な夕陽に向って走り続け、たどり着けずに泣き濡れて家路についた頃の「時」。そこにはいつも、充実した「時」の営みがあった。今日という己の「時」に向って、いつも未知の可能性を信じ、「時」の空間をひた走りに走り続けた少年時代の己。

二、青春の孤独の日々

ねぐらに帰る鳥たちの、夕陽に向って映し出される長い列に見入る時、遠い青年時代の「時」を思い出す。あの頃の己は「時」を忘れて走り、学び、語り、そして「何故人は生きるのか」と悩んだ。しかしそこにはいつも限りない「時」の充実感が存在していた。帰り来ぬ青春の「時」に今強く激しい郷愁を覚える。

己の青春とは未知への畏怖の念であり、また純粋で透明な理想の希求でもあった。過去と決別し、新しい自己を目指して変革を夢見た己の青春。しかし現実には挫折の連続であった。人間とは、生きることとは、そんな疑問を心のどこかに抱きながら、得られぬ答えを求めて梅雨時の霧さめの中を泣き濡れて彷徨い歩いた遠い日々。人間的であり社会的であることを望んだ生き方ではあったが、しかし己の生き方はその日その日に追われて、一日が終わると云う空しい生活であった。振り返ると切なく悲しかった。生きることは何かとふと考えては明日に向かって幾度も立ち尽くしていた。

青春の日々に、人が本当に生きていると感じられることとは、その人の中にある全ての情熱や全ての感情が、完全に燃えたぎることだと思う。青春のある時期に感じたあのめくるめくような恍惚とした充実感こそ、人の本当に生の充実だと思っている。しかし自分には孤独と寂寥感のみがあるだけだった。自由と平等を求めた私の生き方は、激流の中を孤独と絶望にさいなまされながら、悲しい憤怒や空しい諦観の狭間をさまよい歩く生き方だった。

三、プラトンの愛とギリシャ人

ギリシャ哲学の中のプラトンの「愛」とは、『饗宴』からうかがう限り、四つの段階からなるという。肉体の美であり、精神の美であり、知識の美であり、美そのものから成り立つという。そしてプラトンの云う本当の愛とは、人間の経験を超えた遥かな理念の世界に魂が飛翔していくことで、そこには時間も空間もなく、ただただ永遠の喜びがあるだけだという。人は他人を純粋に愛することによってのみ、地上の孤独からはるかなる理念の世界に飛翔することが出来るのだという。その中での愛こそが、真に孤独から解放されて生きていける愛なのだとプラトンは云う。純粋な愛によってこそ、自分が孤独の苦しみから解放され、汚れなき魂は遥かなる理念の世界へ喜びをもって飛翔することが出来るのだという。現在でもふとした時に襲ってくるこの孤独感。そしてそんな時に「人はなぜに生きるのか」と不意に沸き起こってくる問いにいつしか心は塞がれる。この問いはあの頃の自分の人生の永遠のテーマのようにも思われた。今この年になっても、ふと夜の静寂の中で本を読んでいるときなどに頭をもたげてくる「人はなぜに生きるのか」と云う問に今はただただ苦笑するだけである。

古代ギリシャ人は、エーゲ海の明るい太陽の下で、「人間は滅びる存在である」という前提に立って、大胆に現実を肯定し、滅びない永遠の命と愛を神話の中に求めたのだろうか。人は死ぬべき運命（さだめ）を背負うものが故に、自分の生を一日一日、精一杯に生きることが人の定めだとギリシャ人はいう。ギリシャ人は、人が生きることとの切ない思いや苦悩を、また哀れさや喜びを、切実な共感とほのかな慰めを求めて、神話に託していったのだろうと私には思われてならない。

人生とはギリシャ風にいえば、エンペドクレスの「太陽と天空と大海と大地の中でのドラマ」であると思う。人生とはこのエンペドクレスの四元の世界の中での、「喜び」とか、「悲しみ」とか、「愛」とか、「憎しみ」とかの繰り返しそのものだという気がしてならない。あの蒼いエーゲ海と太陽がいっぱいの大地のもとで、世界や自然、人間や人生に関してギリシャ人はひたむきに人の生きることの内実を追求したのであろう。

四、明日に向かって

サムエル・ウルマンによると、怯懦を避ける勇気を持ち、安易さを切り捨てる冒険心を持つ時、はじめて人は若さを取り戻せると云う。年を重ねただけで人は老いない。理想を失うとき人は老いてしまうのだという。

私もできるなら、明日に向かって、希望という風を捉えて、最後の夢に向かって飛翔してみたい。

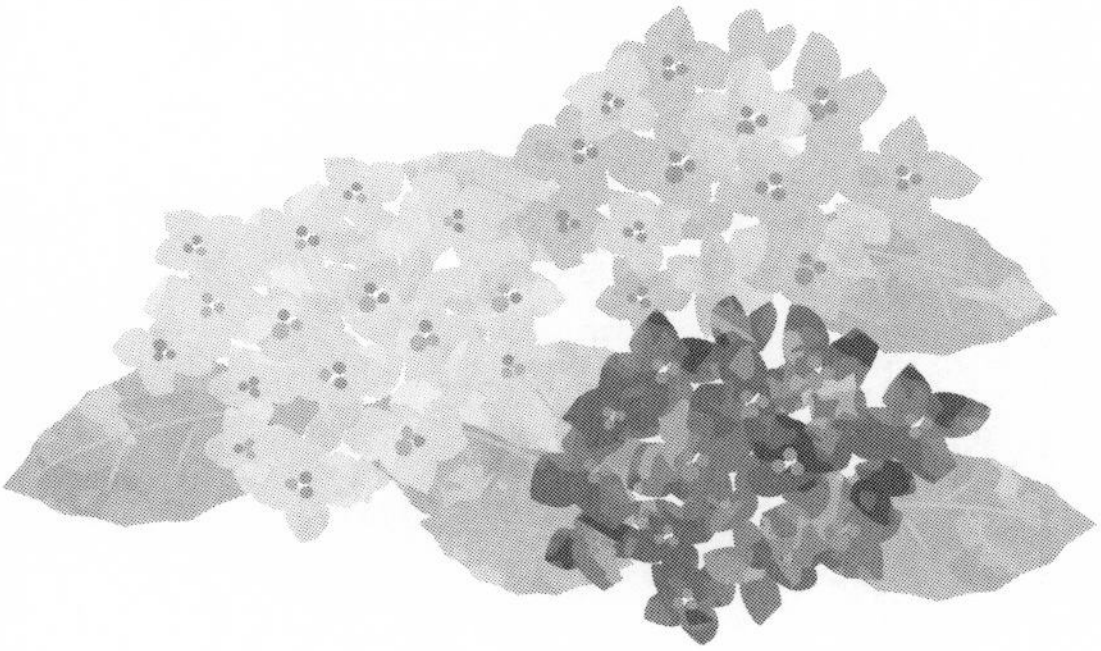

ニーチェと老子と

人間とは、生きることとは、そんな遠い昔の疑問がまだ、この年になっても心に住みついている。そしてこんな自分でも医療の現場ではせめて「命の平等」をと願いつつ、ひた向きに生きてきた。しかし、今でも医療の現場では明日に向かって立ち尽くす自分がいる。

青春の日々には、人が本当に生きていると感じられることとは、人の中にある全ての情熱や全ての感情が、燃えたぎることだと思っていた。青春のある時に感じたあのめくるめくような恍惚とした充実感こそ、人の本当に生の充実だと思っていた。しかし現実には自分には孤独と寂寥感のみがあるだけだった。

自由と平等を求めた私の生き方は、激流の中を孤独と絶望にさいなまされながら、悲しい憤怒や空しい諦観の狭間をさまよい歩く生き方だった。

今の日本の現実の青年の世相は、無気力で荒涼とした原野に向かっているように感じることがある。ニーチェの『ツアラトウストラ』では「神は死んだ」と、また「超人」、「永遠の回帰」ではニヒリズムを超克したとのこと。このニーチェのニヒリズム超克によって、現在の荒涼とした心の風景から脱する術が得られるのかも知れない。「わが時は来た。これは我が朝、わが日は始まる。来たれ、今こそ、大いなる昼間」。

また老子は、「道は一を生ず、一は二を生ず、二は三を生ず、三は万物を生ず」といっている。一とは「有」である。また「天下万物は有より生ず、有は無より生ず」として、現実の世界の奥の絶対者を、道または無としてとらえると云っている。「無」は宇宙の本体で、本源、天地に先立って存在するもの。そして、無の根拠として、恣意的作為を捨てて、無為自然に徹して生きることを説いてる。「人の生死も一本の縄のようなものだ。その一部分をとって生きている、死んでいると区別するのもおかしい。大小にとらわれているのは間違っているのだ」と。

ニーチェの「永遠回帰」、老荘思想の「根源無の認識」などは、虚無縹渺たる現代日本社会の孤独やニヒリズムから脱却するための、ある意味では術になるのかも知れない。

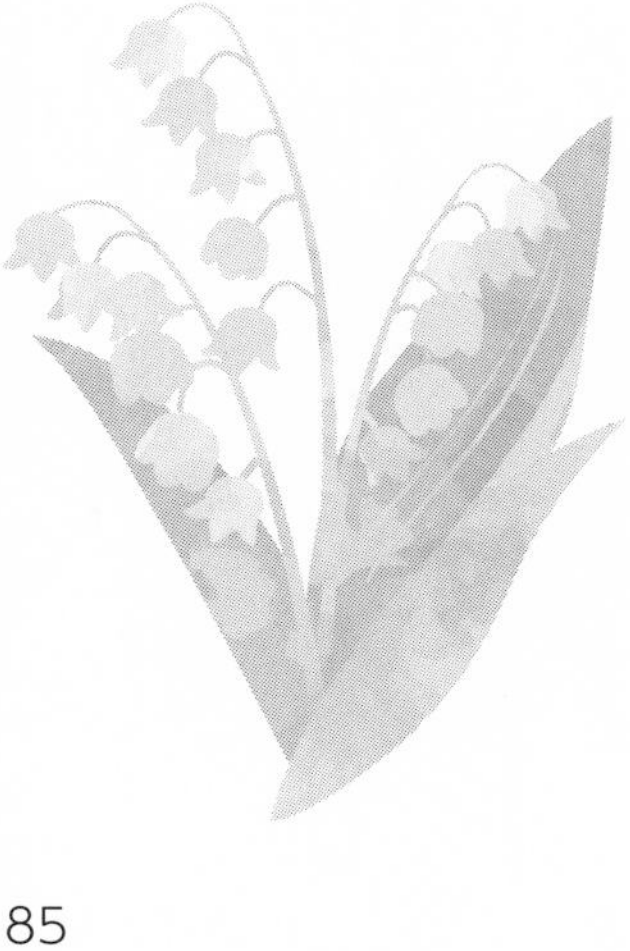

サルスベリの紅い花

八月の灼熱の光を受けて、今年もサルスベリの紅い花が簇（むら）がりながら暑そうに咲いている。小学生の頃に母と病院に父の見舞いに行った時、病室の窓越しに庭の片隅にぽつんと一本だけのサルスベリの花をじっと見ていた父を思い出す。

子どもの頃この木のことを「はげちょの木」と呼んで、つるつるの木肌を擽（くすぐ）りながら鬼ごっこをして遊んだ。擽ると枝葉の先や花の梢が笑い出してゆらゆらと動く気がしてとても面白かった。

中学生の頃、父に「人は何のために生きるのか」と質問をしたら、父は「自分と、自分につながる全ての人の未来のために生きるのだ」と云っていた。

高校の時に英語の受験のためにサマセット・モームを読んだ。その中の「人間の絆」の主人公フィリップは「人生にはもともと意味なんかありはしないのだ。生も無意味、死もまた無意味」と言っていた。モームはそれを「ペルシャ絨毯の哲学」と呼んでいた。

大学の教養部時代に「哲学」の講義の中でカミューについて学んだ。彼にとって人生は「不条理」という一語に尽きていた。人生には意味を見出しえないと言うのだ。しかし彼はシジフォスの神話の中に反抗の論理を見出し、どんなに無意味であっても最後までその無意味さに反抗していく生き方を貫き通した。私はまだ「人は何故生きるのか」の答を見出せないが、しかし少しずつ光は見えてきた。それは

「何故生きるのか」ではなく、人生に生きる意味を自ら創っていくことが本当の生き方になるのだと、意味のない所に意味を創造していくことが自分の生きることの本当の意味になるのだと思えるようになってきた。今後も、もう少し生きる意味を深く考えながら生きてみたいと思っている。

医師としての真摯な生き方

私は心の悲しみにぶつかるとき、ふといつも「医学とは何か」と自問する。医学は自然科学ではあっても、決して単なる科学ではない。生物学でも、化学でも、物理学でもない。ましてや工学でもない。そしていつも最後に自分に云い聞かせる。多くの科学に根ざしながら、その科学の成果を病める命の援助の為に、医療を受ける人の立場に立って、真摯に実践する学問であると。

医学とは最も合理的で科学的で、最も悩みの少ない学問のようであるが、自らの医療に忠実であろうとすればするほど、現実は逆であろう。困難な医療の現場で、明日を思って立ち尽くす己れに気付くとき、自分にとって医学は単なる科学ではなくなる。

私は研修の時期にある尊敬する医師との出会いから、糖尿病をライフワークに選んだ。またこの選択の基準の片隅には、物質的な豊かさだけを追いもとめ、質素にして共同で創り上げる素朴な向かい合いの医療の大切さを忘れかけている日本の医療への、ささやかな抵抗でもあった。一億総ジェネラライズしていく中で、糖尿病などの成人病が増えてきたことを知ったとき、医学が病める生命への援助であると同時に、崩れかけた日本文化への再建をかけた闘いでもあると思われた。

このクリニックで医師として多くの患者さんと今後どう生きるべきかを絶えず考えてきた。そして今三つの道標を持つに至った。

第一は今日の日を大切に一生懸命に生きてみること。昨日よりは前進できる今日であるよう努力すること。そして明日の日を思い煩わないこと。

第二は私を求め、また私の医療を頼ってくる患者さんが一人でもいるなら全力を挙げて誠心誠意この道を頑張ってみること。そしてお互い向かい合いの人間的な信頼関係の中で、心の通った最も人間的な医療を展開してみること。

第三はいつでも謙虚で、奢り高ぶる心を排し、どんなに苦難の日々が続いても、心の悲しみや肉体的な苦しみを持つ病める人々とともに、勇気と愛情を持って接することが出来ること。

どれも決して煩悩を持った私には易しいことではない。しかしここに医師としての真摯な生き方が一人間として求められるのなら、困難ではあってもこの道標に向って歩まなければならないと思う。エマーソンの「この歩み、星につなげ」をしっかりと胸に刻みつつ。

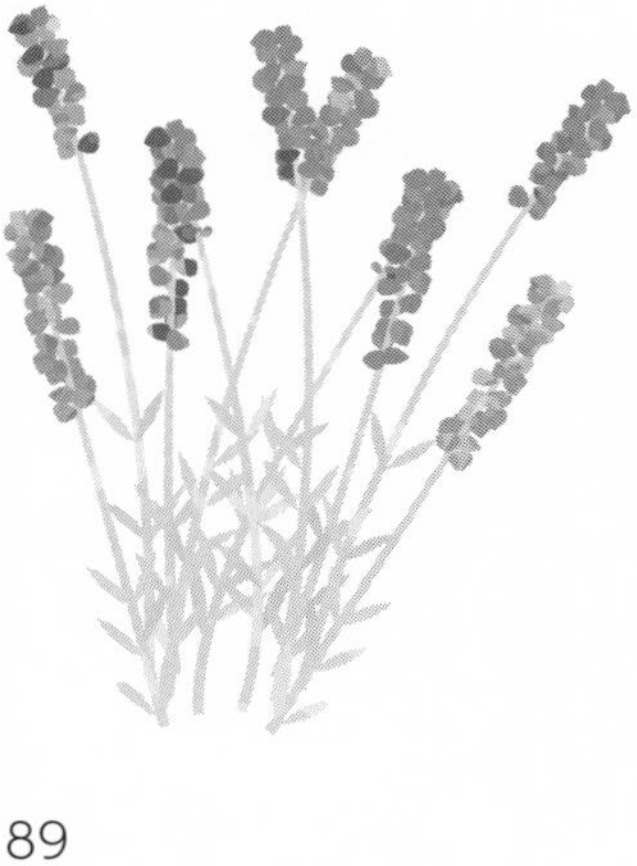

朝顔

今年は異常な暑さが持続し熱中症が多発している。お盆を過ぎてからはさすが少し暑さも和らいでくるが、注意は必要である。

毎年朝顔の苗を買って鉢で花を咲かせていたのだが、今年は多忙で買いそびれてしまった。父は朝顔が好きで、八十八夜（五月初旬）の頃に決まって私を連れて、排水の良い粘土土壌の土をある場所に取りに行き、盛夏時には青紫の大輪の花を咲かせていた。父への思い出もあって、夏になると必ず朝顔の鉢植えの苗を買ってくる。朝の清らかな光を浴びて静かに咲き、昼にはしぼんでしまうこの花は、どこかはかなき恋に似ている。

「朝顔に釣瓶とられて貰い水」は千代女の有名な句である。そして思い出すのは源氏物語の『朝顔』である。光源氏が熱をあげていたい従妹の「朝顔」。彼女も源氏に好意を寄せているが、源氏の恋愛遍歴と彼と付き合った女君たちの顛末を知って、光源氏の求愛を拒み続けプラトニックな関係を保ち、便りを交わす風流な関係に終始した。そして独身を貫き最後は出家するというまさに朝顔の様な人生であった。

源氏物語は一握りの貴族の優雅な愛の戯れともいえそうだが、この「朝顔」だけは賢く清くはかなく消えた女性だ。源氏物語の私なりの評価は、あの貴族社会の中でも光源氏が自分と関係した全ての女性の面倒を最後までみた点に或ると思っている。紫式部はあの遠い平安時代でも、光源氏という理想の男性像の中に女性に対する人間性を求めていたのであろうか。

松風の吹く丘に登りて

先日私は、八月の灼熱の太陽の下で、故郷の山に登った。森閑とした真夏の昼下がり、松風に吹かれて見晴らしのよい丘に辿りついた。眼下に広がる真夏の太陽の光が、今登ってきた松風の流れるすがすがしき小径を白々と哀しくそめていた。

私は青いすすきの上に大の字に倒れ、どこまでも続く紺碧の空を眺めた。草むらから飛び出した蝶が一匹、松風に吹かれて高々と天空に登っていった。眼下には緑の絨毯の中のあぜ道を、犬がゆっくりと歩いていた。またそばの灌漑用水の溜池が白く輝いていた。

松風に吹かれて一人丘の上に立つと、灼熱の白光の中でさびざびとした寂寥感におそわれた。「人はなぜに生きるのか」という古くて新しい問がふと湧き上がってきた。

去来する迷いを払拭するがために、私はまた松風の吹く丘から、さらに頂上を目指して登りつめた。振り返ると灼熱の太陽はなお松風の吹く小径を白くそめていた。

そして私はいつしか父の言葉を思い出していた。「己の信念に向かって世のため人のためにに生きよ」と。松風は生暖かく強い勢いで、私の傍を駆け抜けていった。

ある夏の蝉しぐれ

夏がくればいつも思い出す詩がある。それは室生犀星の『蝉頃』である。

いずことしなくシーと蝉の鳴きけり
はや蝉頃となりしか
熱き砂地を、
蝉の子を捕らえんとした、
かの子らは、
今いずこにありや

この詩は、灼熱の太陽の照りつける昼下がりの、風鈴の音の余韻とともに、少年時代の郷愁を綯い交ぜにした、心に響きわたる私の夏の風物詩でもある。

そして、「蝉の鳴き声」でどうしても忘れられない強烈な思い出がある。もう二十数年も前のことである。東北地方の小さな山村の病院に半年ほど派遣されたときの出来事である。

赴任後の初めての医局会議で、農村部への定期往診を担当とする医師がいないとのことで、地域の事情を知らない私にその往診の任務担当が決まった。毎週金曜日の午後に出かけることになった。一回の往診人数は七~八人とのことであった。

外来・病棟から開放されて、車で遠く広大な緑の田畑や山林の景色にふれることはその頃の私の大きな楽しみでもあった。また病院で診ている患者さん達とは違って、生活や農業の現場で往診の患者さん達を診察することは生活の重みが感じられて、少し緊張するところがあった。

これらの患者さんの中に、脳橋出血で寝たきりのお婆さんがいた。その家は広い水田の端から、緩やかな山の斜面を登った中腹にあった。木造りの斜めに傾いた門を入ると広い土間で、大きなおとなしい白い犬がいつも我々を待ち受けてくれた。

「こんにちは」といって看護婦が先に立って入っていった土間から右手の、庭の見える部屋に、お婆さんはいつも一人で庭を眺めながら寝ていた。庭は緩やかな斜面で山と連続していて、その斜面には季節の花が咲いていた。お婆さんは花がとても好きなんだと看護婦が教えてくれた。枕元には二個のおにぎりだけがお皿にのっていた。息子さんと二人暮らしで、このおにぎりを毎日息子さんが朝つくって、お昼と夕食の分としてお皿にのせて仕事に出るのだという。午後に近所の親類の人がオムツを替えに来てくれるという。夜遅く息子さんは帰ってくるそうだ。

私が診察を終えると、看護婦は熱心にお婆さんに薬の説明をする。お婆さんは声は出さないが首を振って返答をしていた。看護婦が息子さんへメモを書きおえると、お婆さんに別れを告げて我々はその家を後にするのが常であった。お婆さんがいつも最後の往診者であった。

八月の暑い夕方近くに、いつものように車を走らせてこのお婆さんの往診に向かった。車から降りて、田んぼから吹いてくる生ぬるい、土の匂いのする風を思いっきり吸い込んだ。そしてふと、己の明日を信じて、真夏の夕陽に向かって田のあぜ道を汗だくになって走り続けた遠い昔日の少年の自分を思い出していた。

看護婦と二人でいつものように緩やかな山の斜面を登っていった。尻尾を振って犬が待っていた。私たちはいつものようにお婆さんの部屋へ入った。お婆さんは布団に横になって、庭から山に向かってたくさん咲いていた山百合を見ていた。枕元にはおにぎりが二個お皿にのっていた。いつものように診察をし、いつものように看護婦が薬の説明をし、いつものようにメモ書きを終え帰ろうとしたときだった。突然お婆さんが私の手をとって喋ろうとした。脳橋梗塞のせいで、甲高い言葉にならない声で話していた。「わ・だ・し・は・な・し・て・い・き・ね・ば・な・ら・ね・が・お・し・え・て・け・れ。せ・ん・せ・い」。私はうろたえて、言葉が出なかった。私は山の斜面の山百合の花を見ながら立ち尽くした。看護婦が中に入ってお婆さんをなだめていた。

それから暫くして、その家を後にした。坂の途中で雑木林にさしかかると、ひぐらし蝉がいっせいに鳴きだした。深閑とした中での透き通ったこの蝉しぐれは、お婆さんの声と重なって、とても寂しく哀しく響いて聞こえ、涙が止まらなかった。

夏が来て、蝉の声をきくたびに、このお婆さんの声を思い出す。しかしあれから二十数年経た今でも、あのお婆さんの問いの「人はなぜ生きるのか、生きなければならないのか」への答えは出ていない。いつか暇になったらギリシャ時代のソフィスト達との語らいの中から答えを見つけられたらと思っている。しかしそれは、「真夏の夜の夢」かもしれない。

八月の風

私は八月の風が好きだ。八月の風は灼熱の太陽とかたらい、田の真緑の絨毯の上で踊り戯れ、あぜ道を歩く私の頬を田の泥の匂いをたっぷり含んだ生温かさで笑いながら撫でて行く。

八月の風に乗って野や山を駆け巡った少年時代への、限りない郷愁をかき立てられる。そして八月の風に出会うと決まって三つのことを思い出す。

一つは室生犀星の詩『蝉頃』である。

二つは東北の小都市の病院に派遣され、往診に行っていた脳橋梗塞で寝たきりのおばあちゃんの言葉である。山の中腹にあった家で一人で庭の斜面に風に揺られて繚乱と咲き乱れている山百合をみつめながら、絞り出すような声で「人はなして生きねばならねのですか？　先生教えてけれ」と尋ねられたことだ。以後『生きる意味』について寂しく悲しく苦しく考え続けてきた。

三つは八月の晴れあがった朝に、灼熱の太陽の白い光の中を、白い雲に乗って高く昇っていった父のことだ。

肺癌と知りつつ、黙って旅立ちの準備をして去って行った父。結核で長く煩い、真面目で本が好きで、家ではいつも庭に面した机に向い、母の小言に苦笑いしながら家の掃除をしていた父。また絵画が好きで、マネやモネの印象派の画家達の本を集めては、「自然の光の渦の中に生きた人たちだ」と教えてくれた父。生きとし生けるもの全てが、白く輝く真夏の光の中で生きる喜びを謳歌しているときに、灼熱の光の中へ、白い雲に乗って静かに天に昇って行った父。遠い夕陽の野のもとで「世のため人のために生きよ」と語りかける父の姿を思い出している。

ふるさとの山

八月の灼熱の太陽を背に受けて、私は里山に登った。南斜面の明るい急な勾配をゆっくりと一歩一歩登っていき、途中大きな石灰岩のある坂道で腰を下ろし、紺碧の空にゆっくりと流れる白い雲をながめ、木々の間を駆け抜けて上がってくる緑の風に頬をなでられ、頭上の樹の上での小鳥達のさえずりを聞いていた。そして吹き出る汗をぬぐいながら、ゆっくりと頂上を目指して歩を進めた。

木を埋め込んだ山道を百八十段ほど登ると、夏草に蔽われた見晴らしよいなだらかな斜面に出た。私は草の上に仰向けになり、赤とんぼの群れが青空に飛びかうのを眺めていた。直ぐ下の小さな谷間には山百合が咲き乱れ、遠くには白い町が灼熱の光の中で揺らめきながら輝いていた。

そして私の夢はいつもふるさとの山河へ帰っていく。緑の微風、静まりかえった真夏の山道、渓流のせせらぎ、けたたましく鳴く百舌鳥のなき声、西の空を茜色に染め黄昏の樹木を黄金色に変えながら地平線へ落ちていく大きな夏の夕陽。それらは私の心の中に焼き付けられた遠い昔のえもいえぬ美しい風景であり音楽であり絵画である。「ふるさとの山に向かひて　言ふことなし　ふるさとの山はありがたきかな」（啄木）

丘に咲く向日葵

燦々とふりそそぐ真夏の灼熱の太陽に照らされている向日葵をみると、私はきまってその人を思い出す。

私の教養部の最終の試験が終了し、学部への移行があった夏のことであった。その頃の私は貧乏な苦学生で育英会の特別奨学金を受けながら寮生活をしていた。大きな四人部屋で、それぞれの隅に四つの机があって四人が寝起きする簡素な明治時代に造られた寮で暮らしていた。

夏休みは多くの友は帰省したり、旅行に出かけたりしていたが、私はほとんど一夏をアルバイトで明け暮らした。

その日も朝から仕事に出かけていた。仕事が終わって夕方に部屋に戻ると、帰省せずに残っていた同僚から、私を訪ねて二人の女性がきたことを告げられた。お茶を入れたが三〇分ほど待って名前を紙切れに書いて帰ってしまったとのことだった。その一人の名前は私の机の上に置いてあった。訝りながらその紙きれを見て、私はとても驚いた。

私は友に訪ねた。今どこに宿泊しているか云わなかったかと。しかし友の話では、私と中学時代の同窓生で、今は東京で学生生活を送っていて、夏休みに旅行で友と二人でこの街にきて、私を訪ねてみたとのことであった。明日はこの街を離れると言っていたが、どこに泊まっているかは言わなかったと。

その人とはクラスは違っていたが、中学三年の時、生徒会の仕事で一緒だった。利発でくりっとした大きな目と、紅い唇のとても明るいかわいい娘だった。一見して誰にも裕福な家の娘と分かった。その人の周りはいつも男の子や教師たちが取り巻いていて華やいでいた。不細工で器量の悪い無口な私は、そういった光景を遠くからいつも見ている傍観者だった。

生徒会の役員会は放課後に開かれ、司会は私だった。そして私の横にはいつもその人が座った。襤褸（ぼろ）な鞄から鉛筆を探していると、自分の筆入れから鉛筆を取ってそっと私の横に置いた。父と兄が結核で、私の家は貧しかったからだと思っていた。役員会が終わって鉛筆を返す時に、ふと窓越しの八月の熱い西日に照らしだされていた机の上の、その人の筆入れを見た。セルロイドの蓋に丘に咲く向日葵の絵がくっきりと描かれていた。私は美しい向日葵だと思った。

生徒会の行事として夏休みに老人ホームを慰問することになった。その企画責任者が私だった。準備責任者がその人になった。企画がなかなか決まらずにいて、土壇場になってようやくその人の提案で寸劇と音楽演奏ということに決まった。寸劇は担当の教師と私が下級生の役員たちに役を割り振った。衣装の準備はその人に決まった。音楽は最終的にはその人が持っていた大きな金管楽器を老人ホームに持ち込んで独奏をしてもらうことになった。放課後遅くまで担当の教師と私とその人が残って準備をした。教師がときどき抜けて、私たち二人だけになる時があると、会話はなかったがきまって私は息苦しさを覚えた。

九月に生徒会の役員は終わった。その人とは廊下で時々顔を合わすだけで、私は黙って下を向いてやり過ごした。言葉を交わすこともなく、卒業をし、別々の高等学校に行った。高等学校を卒業したときに、人づてにその人が東京の大学に入学したことを知った。

その人の突然のそれも五年ぶりの訪問にその時、私はとてもうろたえた。うろたえながら、遅い時間でもまだ明るい北国の街の中を、当てもなくその人の遠い姿を思い出しては、夢中で探しまわった。無駄であった。夜遅く疲れ果てて、寮にもどった。同僚はもう眠っていた。私も布団に横になったが眠れなかった。明日も朝からアルバイトがあるのにと思いつつ、まどろんでは目覚め、目が覚めてはまたまどろんだ。

あの時の見えない力が打った終止符を、私は悲しみと云うよりは、むしろ息苦しい諦観の念をもって今でも思い出す。不在というそのささやかな運命の断層に、流星のような閃光とほろ苦い香気を放ったのは一体誰の仕業であったのだろうかとふと考えたりした。

しかし私の不器用でうろたえた視線をその人が受け入れるより、北国の原始林の中の寮の窓越しに、七月の樹々の繁茂した眞緑を静かなに見ているその人の姿のほうが、とても似合っているような気がした。遠い生徒会での私との出会いを、純粋な懐かしさで思い出しての突然の訪問であったとしても、あの夏の不在という事実はその時の私にとっては、悲しみと失望のるつぼであった。しかし、それで良かったのだとその後もずっと自分に言い聞かせている。

灼熱の太陽に照らされている向日葵を見ると、北の大地を風に乗って歌うコロボックルの悲しい歌にも似て、遠い昔に見た筆入れの蓋に描かれていた「丘に咲く向日葵」を今でも一人静かに思い出す。

山百合の花

三年前の秋に山百合の球根を五個買って、日当たりの良い庭の南側に植えた。翌年芽が出て花が咲いたのは三本だった。そして今年は一本だけが残って、大きくて白い花が清らかで美しく咲いている。香り高く、やさしく風に揺られて、のんびりと猛暑の中で、涼を呼び込んでいる。

大学の後輩で内科医で、一緒にサークル活動をしていた友が重病で入院しているとの連絡を受け、新幹線で急ぎ病室を訪れた。学生の頃この友は、住んでいた部屋の急な取り壊しで、行き場がなくなり、私の部屋に転げ込んできた。とても利発で時間が空いていると、掃除・洗濯・食事つくりまでしてくれた。三ヶ月ほど居候していた。「人生」や「社会」や「哲学」を夜を通してして語り合いった。

サークルの仲間と数人で温泉に行く約束をしていたその年に、彼の病気がわかった。電話を頂いたときは、既に病気は進行し肺と肝に転移していたそうである。病室を訪れたときには顔はやつれて死相が漂っていた。

「また来るから、静かに休養して」と言って立ち上がったとき、窓辺の花瓶の純白の山百合の花が目に入った。何故か匂いはなかった。帰りの新幹線の車中で目をつぶって、彼と過ごした学生時代と、同じ病院での研修時代の出来事を思い出していた。全てがもう終わってしまったのだと思った。

そして子供の頃に一人で山に行き、美しい玉虫を捕って、両手に入れ必死に家にかけて帰り、どこに隠そうかと迷ったあとに、どこにも玉虫を隠せる場所などなかったことに気づいた時の、あの大きな失望に似ていた。若き日に後輩と育んできた年月が、これからはもはやその輝きを消すことなく維持されることは決してないであろうというあの感情と同じおもいであった。

ゆっくりと闇の中で美しい光を放って消えていく彼の残光を帰りの新幹線の中で見ていた。涙が後から後から流れ落ちて止まらなかった。

残暑

暦の上での立秋は今年は八月七日だった。まだ猛暑が続いているさなかで、実感がわかなかった。しかし、お盆が過ぎると、暑さも朝夕は和らぎ、残暑の言葉が似合ってくる。

灼熱の太陽に映える山野の眩しいほどの真緑も、お盆を境に心なしか色が濃くなり、植物にも夏の暑さのための疲労が滲んでいる。ゆく夏を惜しむがごとくのひぐらし蝉の合唱は賑やかさの中に、どこか寂しさがある。そしてそのひぐらし蝉の鳴き声の後で、ツクツクボウシの声を聞くと、本当に夏の終わりを知らされた感じがする。眩しい夏の光の中でも、ふと吹いてくるさわやかな白い風には秋の到来を感せずにはいられない。夏の終わりは何故か切なく哀しい。

月光

今年の八月の上旬に、仕事の帰りに自転車をゆっくり漕いでいたら、東の空に大きな満月の月がかかっていた。十五夜だった。旧暦の七月一五日だった。

今までに出会った名月にまつわる詩（うた）は、どこか寂しさが付きまとっていた。日本の古典の伝統的自然美は花鳥風月に代表されてきた。その中の月だけは何故か人の感情や生活と一体になって表現されてきたように思う。清少納言は「すべて、月かげは、いかなるところにてもあはれなり」と書いている。芭蕉は「名月や座にうつくしき顔もなし」とうたった。ここには共通して、華々しい環境の中で、月の美しさを詠んだ人はいない。さびれて貧弱で古びた環境の中でこそ、月の光はその美しさを増したのであろう。物悲しく暗い中でこそ、月の光はいっそう美しく輝くものなのだと私は思った。

嵐

十月十二日の夜は窓を打つ嵐の激しさに布団に入っても眠れず、机に向かって古書などを広げてあれこれと昔のことなどを思い出していた。時折激しく窓を打つ雨の音に肝を冷やしながら、なお深夜になっても鳴り止まぬ嵐にふと小学唱歌『旅愁』などを思い出した。

更けゆく秋の夜　旅の空の
わびしき思いに　ひとりなやむ
恋しやふるさと　なつかし父母
夢路にたどるは　故郷の家路
更けゆく秋の夜　旅の空の
わびしき思いに　ひとりなやむ
窓うつ嵐に　夢もやぶれ
遥けき彼方に　こころ迷う・・・

意味も解らずに歌っていた小学生の頃の自分が、いつしか年老いて長い人生の旅路を振り返り、窓打つ嵐の深夜に一人机に向かって故郷の亡き父母や友たちを思い出していると、この唱歌の意味する本当の内容がひしひしと心に伝わってくる。

夢破れて一敗地に塗（まみ）れ、孤独と絶望と傷心の想いで、それでも生きるための一条の光とささやかな夢を求めて、北国へ旅立った。

ふと母や父や友を思い出すとき、いつでも故郷は帰る所ではないと自分に言い聞かせつつ、少年時代に遊んだ山や田や、松風の吹く丘から海を見つめて泣いた日々や、小春日和ののどかな秋の日に歩いた思い出のつらなる林道や、あれこれ思い浮かべては望郷の念絶ちがたく、そっと涙した青春の日々。そして人は年老いて人生の旅路が終わる頃には、夢破れて憂い漂うとも、心はいつしか故郷の山河へ帰っていった。

小川のせせらぎ、風のささやき、木木のざわめき、碧い空に静かに輝やく夕日、すすきの穂に白く光って佇んでいる秋、これらの心の情景の故郷へである。昔に捨ててきたものを拾いに、故郷に帰るのである。故郷を思うと何故か切なく哀しくなるが、心はとてもやすらぐ。故郷とはそんなものなのだと思っている。

風立ちぬ

連日の猛暑と感染拡大の止まないコロナニュースで、大分心が疲れきっていた時期に、お盆休みに入った。やらねばならないことが沢山あり、一日一日のスケジュールをこなすのがやっとであった。そんな中二日目の深夜に、寝るにはまだ早いと思い、本棚の古い文庫本を見ていたら堀辰雄の『風立ちぬ』があった。手に取って読んでみた。読みながら高校一年の夏に同じような夏の暑さの中で読んだことを思い出した。

父は結核を患って病弱で、だから母は一人で必死になって働いていた。家は貧しく自給自足の生活で、田や畑を借りて米も野菜も作り、山羊も豚もウサギもにわとりも飼っていた。少年の頃は私も家の手伝いで忙しかった。そんな中での高校生活はどこか厭世的で生きることへの懐疑を抱いて暮らしていた。こんな時に出遭った『風立ちぬ』の一節の「風立ちぬ、いざ生きめやも」を読んだときには、何か自分も生きなければと云う気になった。

結核に冒された婚約者の節子と高原のサナトリウムで愛の生活を送る主人公は、小鳥がさえずり、美しく濃き薄き緑に輝く山を見つめては、死の影におびえながらも、生の残された時間の中で、愛し合うことでの二人で至福の生活をつくりだそうとする。二人が出遭った夏の頃、主人公の口をついて出た「風立ちぬ、いざ生きめやも」の言葉が、二人に蘇るとき、「云わば人生に先立った、人生そのものよりかもっと生き生きと、もっと切ないまでに愉しい日々であった」と云うのである。

風のように去っていく時の流れを二人が刻んでいく人間のありようを、その流れの中に捉え示している内容には心打たれるものがあった。そして堀辰雄は、『聖家族』や『風立ちぬ』や『菜穂子』を、身近な作家や、結婚相手や詩人の「死」によって書いたと言われている。彼の中では生と死は同居しつつ、その中で死を静かにみつめていたのだろうかと思う。

青春時代に美しい死に憧れて読みふけった遠い昔の自分を、今猛暑の中で懐かしく思い返している。

―秋の風に乗せて―

吾亦紅

今年の猛暑は九月になってもまだおさまる気配がなく、中旬も過ぎてようやく朝晩が涼しくなってきただけである。先日、里山に行ったときに偶然「吾亦紅（われもこう）」の花を見つけた。長い茎の先端に暗赤色の丸い穂のような花を付けて、風に揺れる姿はどこか寂しく、物思いに沈む幼子（おさなご）がごとき姿にも見えた。こんな残暑の中でも、自然の植物は巡りくる季節を忘れずにしっかり生きているのだと実感し感服した。

秋は野も山も夏とは変わった趣をそなえ、そこには美しく彩られた自然の姿がある。しかしこの美しさは、たちまち過ぎ去ってゆくつかの間の黄金色の輝きなのだ。過ぎ去りゆく限りなき美しい自然の姿、ここに郷愁を奏でる秋の風情があるのであろう。

「木のまより　もりくる月の影見れば　心づくしの　秋は来にけり」（古今集　よみひとしらず）

秋から冬に向かって「心づくしの秋」を心の糧に、沈思しつつ食事療法と運動療法に励んでみましょう。努力は必ず報われる。

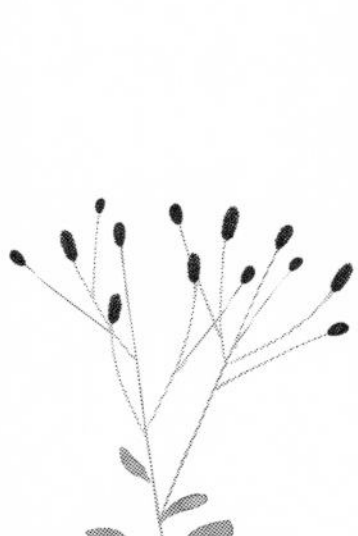

サルビアの花

サルビア、それは花びらも萼も苞もみな強烈な朱紅色の花で、初秋の紺碧の空の下で群がって咲く光景は燃え上がるような情熱と、どこか一瞬心をかき乱される危うさ感じさせられる花である。

小学三年の春に五人で花壇係になった。花作りの計画を立て、花壇を耕し、肥料と種や苗を持ち寄り、植えて育てた。五人で週に二回放課後に花壇の手入れをした。五月に保子ちゃんがサルビアの種を持ってきて、私が配合肥料を持って行って種を植えた。

七月には放課後に花壇の手入れをする友は私と保子ちゃんだけになった。他の三人は来なくなってしまった。先生に「夏休みにも週一回は水をまくように」と言われ土曜日の朝に学校に行くことに決めた。花壇に着くと決まって保子ちゃんがいて、バケツを用意し二人で水をくみ、如雨露で水をまいた。八月の中頃からは、真っ赤なサルビアの花が咲き始めた。

夏休みの終わりの日に、いつものように花壇に行くと、保子ちゃんはよそいきの服を着て、花壇の前でぼんやりと立っていた。私は一人でいつものようにバケツに水をくみ、如雨露に入れて咲き出したサルビアの花に水まきをした。終わって保子ちゃんをみると、大きな目に涙を浮かべて何か話そうとしていた。私は驚いてバケツと如雨露を持ったまま立っていると、泣きながら駆け出して振り返って「さよなら」とだけ云った。駆けていった先の職員玄関の前には保子ちゃんのお母さんが立っていた。

二学期の始業式の日に早く学校に行ってみた。後ろの自分の席の机の上に二つにおられた紙切れがおいてあった。開いてみると真っ赤なサルビアの花びらが一本と文章が書かれていた。「お父さんと別れて、お母さんと二人で遠くへ転校することになりました。サルビアに水を与えて下さい。さようなら。保子」私は胸が潰れる思いがした。

土曜日の放課後にいつものように花壇一面に真っ赤なサルビアに水を与え終わって、誰もいない教室に入り、窓際の前から三番目の保子ちゃんの席に座ってみた。窓からは今水を与えてきた花壇のサルビアの花が愛らしい唇の形をして、群がって悲しく寂しく切なく燃えるように咲いているのが見えた。涙が止めどなく流れてきた。

今でもサルビアの花を見ると、一面燃えるような真っ赤な花の中の一本が、何かもの言いたげに寂しく悲しく優しげに、激しい感情をこらえて『さよなら』と云っているような錯覚にとらわれる。そして遠い昔の保子ちゃんの泣きながら駆けていく小さな姿を思い出す。

カンナ

産業医の仕事に出かけて、比較的広い農道を車で走っていると、両脇の路傍に初秋の午後の太陽の光の下で、緋色のカンナが燃え盛っている光景は、炎を噴き上げているようで、美しくもありまた凄まじくも思え、何とも形容できない感情に駆られた。夏の名残を謳歌する如くに、紺碧の空の下で情熱的に咲き続けているカンナ。

小学四年の夏の終わりに、母からの二通の手紙を持って、汽車に乗って母の実家に行った。一通は叔父（母の兄）へ、もう一通は叔父には内緒の祖母への手紙であった。何も入っていない大きなリュックを背負わされて、駅から線路沿いの道を三キロ歩いて、汗だくになってようやく着いた。祖母だけがいて「一人でよくきたね」といって、服を脱いで冷たい手ぬぐいで汗を拭いてくれた。母からの手紙を渡すと直ぐ読んで涙ぐんで「わかった」と独り言をいっていた。

夕方になって叔父と叔母が帰ってきて、「一人で来たのか、迷いはしなかったか」といっていた。夕食は四人で食べて、いろいろ家の様子を叔父から聞かれた。父の病気のこと生活の様子のことが主であった。四人での夕食が終わって叔父に手紙を渡すと、叔父は暗い顔になって何も話さなかった。

夜は祖母の脇で上弦の月を見ながら眠った。翌日は早いお昼を食べて、叔父と叔母が用意してくれた米や物をリュックに詰め込んで、はいらない物は手に提げて、お昼の汽車に乗るために祖母と一緒に駅に向かった。駅で祖母が切符を買ってくれて、ホームのベンチで「まさ（母）に渡すんだよ」といってお金の入った封筒をリュックの奥に入れてくれた。汽車が来て席に座って窓を開けると祖母が、泣きながら「貧しくっても挫けずに頑張って生きるんだよ」といっていた。祖母の後ろの花壇には焼け付くような太陽の下で、真っ赤なカンナが炎の噴水のように、悲しく咲いていた。

野菊

朝起きてベランダの雨戸を開けると、ルイ（柴犬）が起きてきてベランダから庭に出て行く。そして柊のそばに植えてある白の小菊の根元でゆったりと小用をするのが十一月の日課になっている。ルイは小菊が好きなのだ。

小学生の頃、晩秋に父と山に登った時に、陽当りの良い緩やかな山道の両脇に花弁は白で中心が黄色い花が一面にたくさん咲いていた。父はこれがこのあたりの野菊だと教えてくれた。別名リュウノウ菊とも言うといっていた。それは竜脳という大木の花の匂いとこの花の匂いが似ているからそう名付けられたと。またカントウヨメナという野菊もあると云っていた。晩秋の山に登るといつでも、この野菊を一人で探し求めて日の当たる山道をゆっくりと登った。それは父との思い出を拾いに山に登るにもひとしかった。

小学生の同じ頃、授業が終わると毎日みんなで歌を歌ってから帰宅した。私の斜め前にほっそりとしたおとなしくて静かな、とても歌の上手な女の子がいた。その時歌った歌は『野菊』であった。

遠い山から吹いてくる
こ寒い風にゆれながら
けだかく、きよくにおう花

きれいな野菊、うすむらさきよ
しもがおりてもまけないで
野原や山にむれて咲き
秋のなごりをおしむ花
あかるい野菊、うすむらさきよ

教室中に冷たく張りつめた響き渡る気高く澄んだ歌声に聞き入り、私は歌わずに目を閉じてその子の声をただ聴いていた。目を開けると晩秋の弱い夕陽が窓からさして、その子の横顔をやさしく赤く染めていた。その姿が何故か美しくもあり悲しくもあり神々しくもあった。中学を卒業してからその子に会うことはなかったが、晩秋に野菊を思い出すとき、父の話とあの子の澄んだ響き渡る『野菊』の歌声を山に登るたび思い出している。

貧しくても心は豊かに生きられる―父の言葉―

柿の実も赤くなり、すばらしい芳香をあたり一面に漂わせるキンモクセイの花も最盛期に入り、いよいよ秋本番の到来である。

夕闇迫る時刻の家路に帰る途中で、どこからともなく漂ってくる秋刀魚の焼ける匂いに、遠い昔の、今は亡き父母の若かった頃の家族の団らんを思い出し、ふと目頭の熱くなるのを覚える。

誠実に生きることと、「どんなに貧しくても心は豊かに生きられる」ことを、いつも静かに教えてくれた父の姿をそっと胸に秘めて、これからも倦まずたゆまず誠実に生きていきたいと思っている。

お腹いっぱいには食べられなくとも、深まり行く秋の味覚を決められた範囲の量の中で、十分に堪能しつつ糖尿病療養生活を心豊かにしていけたらと思っている。「この道や行く人なしに秋の暮れ」

コスモス

十月も中頃を過ぎれば、盛秋とか寒路という言葉が使われる。澄み渡った空の下を吹く風はまさに爽快といった感じである。昔から秋風の色は「白」と言われている。冷たく透きとおるような白い色。古代中国の自然観に、東は春で色は青（青龍）、西は秋で色は白（白虎）と云われており、この考えが古くから日本にも伝わっていたそうだ。平安時代にはこの考えに基づいて、藤原定家が「しろたえの　袖のわかれに露おちて　身にしむ色の秋風ぞふく」。また江戸時代には芭蕉が「石山の石より白し秋の風」と詠んでいる。

そしてこの頃には紺碧の空の下で、輝くように寂しげに美しく咲いているコスモスの花が、秋風に揺れている姿は、秋桜の名にふさわしい風情がある。

ギリシャ語でコスモスは調和、善行、装飾（飾り）、名誉、宇宙などの意味がある。コスモスは日が短くなると開花する短日性植物で、倒れても倒れてもまた根を出して強く生きようとする力があるのだと父から教わった。

暑い夏がゆっくりと過ぎていったあとの、可憐に優しく夕方の秋風に揺れているコスモスの姿は、日々に悩める心をどこかなだめてくれそうな気がする。

一枚の影絵

年をとってからの季節の移り変わりは早く感じる。特に夏が過ぎ去るのはとても早い。暑い暑いと云って夕涼みに庭に出てみると、コスモスが夕風にゆっくりと揺れている。夏は足早に通り過ぎ、秋のきたことをこのコスモスは教えてくれる。気になるほどの花ではないのに、いつも目にとまって秋が終わるまで、心のどこかに住みついている。

燦々と照りつける真っ赤な真夏の太陽の熱がまだ体のどこかに残っている初秋の頃、白い風に揺れるコスモスの花は傷ついた心をそっと優しく慰めてくれる。それは乙女の真心のようなものであろうか。

小学校に入学して登校時には一年生と二年生は近所の上級生と一緒に集団で登校することになっていた。学校は自宅から二㎞ほど離れていた。畑を通り抜け、大きな沼に沿って迂回し、雑木林の坂を登り切った所に学校があった。

私を引率してくれたのは四学年上の「和子お姉ちゃん」だった。小さかった私はよく寄り道をして花を取ったり木の枝を折ったりしたので、そんなときには無理にいつも手を引かれて連れて行かれた。でも「和子お姉ちゃん」は言うことを聞かない私を時々叱ったけれど、何時もはとても優しかった。朝の登校時にはいつでも「和子お姉ちゃん」の来るのを待っていた。そして来ると必ず子犬のように「和子お姉ちゃん」の服にしがみついてぐるぐる回ってじゃれていた。何故か「和子お姉ちゃん」の傍にいるととても安心していられた。

二年生の終わり頃になっても登校時には必ず「和子お姉ちゃん」の来るのを道路で待って学校に行った。「和子お姉ちゃん」は鞄とは別に手によく本を持っていた。そしてある時後ろから手に持っていた本をそっと引き抜いた。怒るかと思ったが、振り向いてたずねてきた。「本好き?」「うん」。「今日学校から帰ったら、私の家へおいで。面白い本を貸してあげる」。それからしばしば「和子お姉ちゃん」の家に行っては、本を借りた。そして必ず本の感想を聞かれた。私は何時でも自分と主人公を比較して述べた。「和子お姉ちゃん」は黙って笑って聞いていた。

「和子お姉ちゃん」はお母さんと二人暮らしだった。私の家から一㎞ほど離れた道路の側の畑の中の小さな木の家に住んでいた。家の周りにはいつでも季節の花々がたくさん咲いていた。

私が小学校三年になったとき「和子お姉ちゃん」は中学生になった。私は「和子お姉ちゃん」と一緒に学校に行けなくなってとても淋しかった。何時も一人で登校した。それでも時々「和子お姉ちゃん」の家には行って本を借りた。

その頃の私の家は貧しかった。父は結核でサナトリウムにいた。兄も結核で自宅で療養していた。そして沢山の借金があった。親族会議が何度か私の家で開かれた。何度目かの親族会議が開かれたとき小学三年生であった私も同席させられた。その会議の中で、今後私は母と一緒に母の実家で住むことが決まった。明日にも転校の手続きをすることになった。私は驚くとともに子供ながら胸が締め付けられる思いだった。決めたのは父の親類だった。

話し合いの途中で突然私は立ち上がって「そんなの厭だ」と大声を張り上げ、台所に行って籠の中に入っていた瀬戸物の食器を持ち出し、その親類の目の前まで持っていって、粉々になるまで割った。そして雨の中に裸足で飛び出していった。母の泣き叫ぶ声が遠くに聞こえていた。私は漆黒の闇の中を雨に打たれて海に向かって走った。走る途中で雨脚がさらに激しくなって目の前が見えなくなった。無意識のうちに一軒の玄関の前に立っていた。深呼吸をしてから玄関のガラスを叩いた。「和子お姉ちゃん」のお母さんが出てきた。私のびっしょり濡れた姿を見て驚いて、「和子、和子」と呼んだ。直ぐに「和子お姉ちゃん」が出てきた。彼女も驚いてなにも話さなかった。私は「和子お姉ちゃん」を見た瞬間、大粒の涙が止めどなく流れた。声を出さずに泣いた。「和子お姉ちゃん」のお母さんがバケツを持ってきて、足を洗ってくれた。そして「和子お姉ちゃん」が私の肩を抱いてお風呂場に連れて行って、全部の服を脱がしてくれ、「和子お姉ちゃん」のお母さんが持ってきた、大人の大きいだぶだぶの服を着せてくれた。とても暖かかった。

それから居間に行って座った。私はなにも話さなかった。おばちゃんは直ぐに外出をした。帰ってくる間に「和子お姉ちゃん」が「残り物だが」と云って夕食を用意してくれた。

暫くしておばちゃんが帰ってきた。そして「今日はここに泊りなさい」と云ってくれた。二人ともなにも聞かなかった。それからお風呂に入れてくれた。あがってからは「和子お姉ちゃん」の部屋に行った。布団が敷いてあった。もう遅いから「和子お姉ちゃん」に寝るようにと云われた。「和子お姉ちゃん」とおばちゃんは隣の部屋に寝ているから大丈夫だからねと言ってくれた。

朝目が醒めると、枕元に「和子お姉ちゃん」が座っていた。「眠れた?」と聞かれた。顔を洗って、朝ご飯を食べて、トイレに行って居間に戻ると、私の鞄が用意されていた。昨晩おばちゃんが私の家へ行って母と話して鞄と靴を持ってきてくれたという。それから「和子お姉ちゃん」が学校の昇降口まで送ってくれた。

その日の夕方に母に連れられて、お菓子を持って「和子お姉ちゃん」の家を訪れた。母は頭をぺこぺこ下げて何度も何度もお礼を言っていた。朝には気づかなかったが、道路から家までの細い道の両脇にうす桃色の背の高いコスモスの花が暮れかけた弱い秋の光の中で、夕風に揺れて庭いっぱいに咲いていた。黄昏の中でゆっくりと揺れるその姿は一枚の色つきの影絵として私の心の中に深く刻み込まれた。

その後すぐに、母が放棄した遺産相続の代わりと云って、母の兄が一山を処分してお金をつくり、すべての借金の返済に充ててくれた。私は移転も転校もしないですんだ。

「和子お姉ちゃん」の家には彼女が中学三年になるまで本を借りに行った。しかしその後は、彼女が受験だから邪魔はしてはいけないとの母のきつい忠告で行かなくなった。たまに道で彼女に会ったときなど「本読んでいるの？」と聞かれて、「いや」としか答えられなかった。もっと沢山云うことがあるのにと思いつつ、うつむいて別れた。寂しさを堪えて家へとぼとぼと帰ってきた。

彼女が高校へ入ってからは道でも会うこともなくなった。その後母から彼女が東京の大学の経済学部に合格したと聞いた。私は文学部ではなかったのかと思った。

そして私が卒業をむかえた大学の最後の夏休みに帰省したとき、母が「和子ちゃんが結婚したよ。国道沿いの大きな建築会社の社長さんの息子さんとだよ」と独り言のように云っていた。それを聞いて、私の中で何かが終わったような気がした。そして彼女にはもう永久に会えないと思った。会ってはいけないと思った。

秋になって故郷にお墓参りに帰るとき、国道沿いの彼女の嫁いだ建築会社の前を通るとき、きまって少しゆっくり車を走らせた。そして心の中で彼女にそっと語りかける。「あなたは覚えていますか、遠い私の少年時代のあの夜のことを。そしてあなたは私があの夜あなたの家を訪れた理由を一言も聞かずに、あんなに優しくしてくれたのは何故ですか」と。

いまでも故郷に帰るとき、国道沿いに彼女の家の前を通ると、私はあのコスモスの美しい影絵を思い出す。薄桃色の背の高いコスモスの花が、あたり一面、黄昏の中で夕風にゆっくりと揺れ、その中で和子お姉ちゃんがやさしく微笑んでいる姿の一枚の影絵を。

されど夢を求めて

月日の経つのは早いものである。医学部を卒業してから今年で四十年になる。頭にはすっかり霜が降り、額には大波が押し寄せ、人生も黄昏どきにさしかかってきた。同窓会誌へ思い出と自分史を重ね合わせて書き綴ってみた。

歴史とは過去との無言の尽きることのない語らいであって、同時に過去との決別の語らいであり、明日への希望を持った旅立ちのための語らいでもあるはずだ。

一、麗しき山の太平山

秋田市の北東に聳え立つ奥岳を主峰とする太平山は秋田市、北秋田郡、南秋田郡の境界でもあり、秋田杉やブナや広葉樹林に被われとても美しい山である。山頂付近は高山植物も多くみられ、そこから流れ下る旭川や太平川や石見川などが織りなす仁別峡や三内峡などの渓谷美も秋も深まる頃にはえもいえぬ美しいものがある。

私は医学部の学生の頃、心が疲れたときよくこの太平山に登った。柔らかな弱い陽光が長い影を落とし、薄い茜色の空が広がり始めた秋の午後に、登りはじめた。バイクを道の傍らに止め、靴を履き替え、帽子をかぶり、軍手をはめ、リュックを背負い、杖代わりの木を携えて登山口に立つと、肌を刺すような寒風が頬をなでた。山の空気は静寂さの中で、ぴんと張りつめて透き通っていた。山道は秋田杉やブナに覆われ、薄暗く厳かな感があった。

山頂への道は狭く急で、ゆっくり登ってもかなり汗ばんだ。頭上でけたたましく鳴く鳥の鳴声に驚きながら、木々の合間より見え隠れする茜色の空を仰ぎ仰ぎ、私は頂上を目指した。頂上からの眺めは素晴らしかった。地平線へ落ちていく大きな秋の夕陽が、西の空を茜色に染め、黄昏の木立の山並みを黄金色に変える姿は、えもいえぬ美しい絵画の世界だった。そして私はあの沈みかけた大きな夕陽に向かって、無我夢中で走り続けた幼き頃の自分を思い出していた。

秋田杉の大木に囲まれた鬱蒼たる荘厳なる景色を見つつ三吉神社の頂上を後にして、樹々の梢の間で風の流れの激しさに足をとられながらゆっくりと山を下った。

途中、望遠鏡を逆さにしたように（小さな）家で本を読んでいる自分の姿が、頭上に広がる無窮の天空と比べて、なんとも小さな小さな存在として見えて、たまらない寂寥感に襲われた。自分の存在とは、人生とは、そして生きることとはなどが頭をよぎり、見上げると北の空に夕闇が迫る中、うっすらとカシオペア座がみえたりした。

バイクに乗り帰途について、その頃読んだウィリアム・オスラーの言葉を思い出した。「医学はサイエンスであり、かつアートである」そして、せめてもの三つの心を、患者の肉体的な痛みや精神的な苦悩に共感する心と、患者をいたわり慰める心と、患者に説明と納得と同意を得る心を、医師になったらずーっと持ち続けようと思った。

二、心の癒しを求めて男鹿・入道崎へ

アルバイトに疲れて己の心を見失いそうな気がするときには、私はよくバイクで海に向かった。あの頃はなぜかたまらなく海が見たくなった。そして遠い男鹿に向かってバイクを走らせた。海は凝縮された私の人生の思い出と向かい合える唯一の場所でもあった。日常の瑣事によって忙殺されている自分から解き放され、過去と向かい合い、過去との無言の語らいの中で、明日への活力を見出せる様な気がしていたからだ。

漸く着いた入道崎で、バイクを降りて大海原の見える突端の最前列に立ってみた。風が騒ぎ、黒雲が飛ぶ中で、誰もいない海原を追憶の中で眺めていた。時折、ちぎれた雲の合間より、薄陽がやわらかく頬をなでた。人影のなかった入道崎で、あの頃「人は何故に生きるのか」と真剣に悩んだ。はるか沖に船を浮かべた荒々しい日本海の大海原を見て涙が頬を伝って流れた。時折、海から吹き付ける風はひんやりとした秋風の中で、しばらく海を見ていると、全ての時が止まっているような気がした。私はいつしか過ぎ去りし「時」を逆向きに刻んでいた。多くの人との出会い、かなえられないと思いつつ切なく追い求めては破れたはかなき夢、生きることが苦しくなってあの日本海を見つめて泣き濡れた晩秋の夕暮れ。透き通った真っ直ぐな愚かな己の人生の日々を、ない交ぜにしながらいつまでも男鹿半島の海を見つめて思い出していた。

帰りに戸賀で砂浜に下りて貝殻を拾った。いまでもこの貝をそっと耳に押し当てると、男鹿の潮騒の唄が、あの日本海の風に乗って聞こえてくる。

三、哀しき封印を解いて

研修病院で二年三ヶ月の研修をしたのち、郷里の病院へ移った。さらに二年後に大学病院で糖尿病の研修をし、再度郷里に戻った。一七年前にその病院で不幸な出来事が二つ起こった。それは決して医師個人だけの問題ではなかった。

多忙な日々が流れていった。ある朝いつものように七時半に出勤をして、いつものように病棟の回診に行って、そこで慌ただしい動きに驚いた。元気だった消化器疾患の患者さんが、今朝明け方から血圧が低下し、意識がないとのことで当直の医師と看護師が必死で蘇生をしていた。私も慌てながら手伝った。主治医を呼び、家族に急変を知らせ至急呼び寄せた。蘇生の合間に駄目かも知れないと心電図のモニター画面を見せながら説明をしては、また蘇生を繰り返した。甲斐無くそれから一時間半ほどで帰らぬ人となった。私は主治医に後を頼んで外来に出た。心は虚ろだった。

それから一週間後、もう一人の患者さんが呼吸不全で急死した。もともと肺結核の後遺症で低肺機能の状態であった。発熱と咳嗽で入院し、挿管により治療をしていた。経過は良好で筆談が出来るようになり、妻はとても喜んでいた。しかし、その深夜に看護師が定期の見回りに行ったときには、呼吸が停止していて、当直の医師に連絡をし、いろいろ蘇生をしたが帰らぬ人となった。主治医は不在で私が呼ばれた。あまり十分な説明を出来ないまま遺体は家族に引き取られた。帰り際に妻は泣きながら激しく私に詰め寄って、原因の説明を求めてきた。息子に制止されて妻はその場は立ち去った。

のちこれら二つの出来事は家族から病院側の重大な過失として、公式な説明を求められた。私たち職員側も二つの事故調査委員会を立ち上げて、関係者からの発言とカルテの記録をもとに偽りのない正確で詳細な報告書を作成した。裁判になりそうな気配でもあったので顧問弁護士と話し合い、また医師会にも何回か相談し報告書を提出し判断を仰いだ。その後、両家族とは何度も何度も話し合いをした。長い時間が経過した。予想もしない親類縁者が入れ替わり立ち替わり現れ、そのたびに初めから説明を求められた。私もかなり疲弊した。しかし強い肉親の愛情の絆を感じて、心は何度も打ちひしがれながら、病院の非を認め心からわびた。二年後に二つの出来事は裁判にはならずに示談という形で終止符が打たれた。私の頭の中には、話し合いの中で垣間見た、家族の悲壮な心の叫びがいつも聞こえていた。私個人としては、この人達の「命の償い」をいつどんな形で行うべきかと考え悩んだ。そしてほとぼりが収まったら、この病院を辞めようと心に決めた。そしてこの二つの出来事は心に封印をして、誰にも語ることもなく月日がながれた。

この病院を辞めて北海道の小さな町の病院で二年半を過ごした。毎晩散歩に出かけて、二匹のキタキツネと友達になり、また美しい雪景色に心の傷は少しずつ癒された。今でも夢の中で家族の悲痛な叫び声が聞こえるときがあり、魘（うな）される。

四、されど夢を求めて

心の傷が全て癒されたわけではないが、私は再度、開業という形で茨城に戻った。

いろいろなことに戸惑いながら、降ってわいたような借家での開業は大変であった。職員が私と同じ医療理念、医療観、患者観のもとで診療をするわけではないので、教育もしながらの開業は疲れるものがあった。真摯に患者さんと向かい合い、対応していく診療スタイルの中で、少しずつ信頼を得た。開業当初は患者さんが誰も訪れることのない日も何度かあった。妻に励まされながら、粘り強く、焦らず、慌てず、空いている時間は勉強に充てた。淋しいとき、哀しいとき、苦しいときには一人で里山へ登った。父も母もこの世を去り、妻が大病をして、多くの歳月が流れた。私の人生にも黄昏の兆しが見え始めた。私はイデオロギーを持ち、思想を背負い、この人生を歩んできた。なに人をも大切にする心、自由で平等な社会を希求する心、そしてせめて医療の中だけでも差別のない診療を実践する心だけは持ち続けてきた。

古代ギリシャの医聖「ヒポクラテスの誓い」のなかに

「患者の健康と生命を第一とする」

「同僚は兄弟とみなし、人種、宗教、国籍、社会的地位の如何によって、患者を差別しない」

「人間の生命を受胎のはじめより至上のものとして尊ぶ」

「いかなる強圧にあうとも人道に反した目的のために、我が知識を悪用しない」

というのがある。この歴史の時間と空間を超えて、脈々と現代の医療の中に流れ続ける人間性にもとづくヒポクラテスの医療観、患者観を、私も医師としての仕事の道標として実践していけたらと思った。いろいろなことがあり、挫折を繰り返した人生ではあったが、それでも最後まで夢を失わずに、自分の中の真実の医療を求めて、希望をもって命のある限り奮闘してみたい。

みずうみ

先日、職員旅行で富士山のふもとの河口湖に行った。秋の河口湖は美しくて寂しいみずうみであった。雲が破れ西に傾いた太陽のまだ明るく輝いた光が湖面に跳ね返されて、周囲を金色に染めていた。波間にきらめく数知れぬ光の跳躍はさながらおとぎの国の夢の世界を描いていた。

私はふと昔読んだシュトルムの『みずうみ』を思い出していた。みずうみの畔で思いを秘めたまま無言で去っていったラインハルト。愛を知りつつ涙で見送ったエリザベート。涙ながらに読んだ青春の日々が、みずうみの上を流れる霧に乗って儚く消えていった。

周囲の山々を吹きめぐって辿りついた夕風は、富士の陰を映すみずうみの弱くなった光を、柔らかく揺らしていた。ラインハルトの悲しみが黄昏の中でみずうみの上を夕風に乗って静かに流れていた。そして私の青春の中のエリザベートは今いずこにありやと独語していた。

さらば、夏の光よ

今年の長い夏もようやく終わったが、九月の半ばを過ぎてもまだ猛暑が続いていた。暑さも朝夕はだいぶ和らいでいるが、日中の高温は、お彼岸を過ぎてもまだ残暑の言葉が似合っているような気がする。灼熱の太陽に映えていた山野の眩しいほどの真緑も、いまでは心なしか色が薄くなり、植物も夏の暑さの疲労から少しずつ回復しているように見える。しかしその色彩の変化にはゆく夏を惜しむがごとく、どこか寂しさがある。眩しい光の中でも、ふと吹いてくるさわやかな白い風はまがいもなく秋の風である。「さらば、光の夏よ」、こんなボードレールの『悪の華』の一節を思い出す。

今年は九月三十日が仲秋の名月である。月にまつわる哀歓の思い出は誰しも持っているであろう。「すべて、月かげは、いかなる所にてもあはれなり」とは清少納言の一節である。

古人もまた名月にまつわる詩（うた）をたくさん詠じた。そこにはどこか哀しさや寂しさがつきまとっている。日本の古典の伝統的自然美である花鳥風月の中で、月だけは何故か人の感情や生活と一体になって表現されてきたように思う。さびれて貧弱で古びた景色の中にこそ、月の光はその美しさを増すのであろうか。物悲しく暗い中でこそ、月の光はいっそう美しい一枚の絵になるのだと思う。

仲秋の名月を見ていると、過ぎ去りし日々の喜怒哀楽や、己の心の中を通り過ぎていった人々が遠く小さく思い出されて、しみじみとした人生の哀感をそそわれる。

糖尿病療養生活も夏の暑さの障壁から抜けだし、いよいよ食事療法、運動療法に真剣に励まなければならない時期である。明日に向かって、二度と来ることのない今日という日をともに健康に向かって頑張りましょう。

韮（にら）の花

今年は長い梅雨、激しい猛暑、巨大な台風と、気候の乱調に悩まされているが、それでも自然は忘れずに秋の便りを送ってくれている。

九月初めの午後、車で買い物に出かけたついでに、栃木県との境の里山の麓まで行ってみた。その途中で道ばたにそって曼珠沙華が咲いていたので、車を止めて眺めてみた。この不気味な花が子供の時から何故か好きで、一人でよくお墓に咲いているこの花を見に行ったものだ。

道ばたの曼珠沙華の上の畑の縁をみると、寂しげな乳白色の半球状の小さな花をつけて、つつましい賑やかさで咲いていた韮の花を見つけた。畑の縁にそって一列になって咲いていた。

遠い昔、実家の庭の側溝の縁にそって、母は一列に韮を植えていた。その韮で、母は春から夏にかけて、豆腐との味噌汁を作ったり、卵との炒め物をつくったりしていた。

毎年八月の末の激しい光の中で、人知れず庭の隅で咲いてる韮の白い花を私は美しい可憐な花だと思っていた。無口で微笑みをたたえて、慎ましく誰にみられることもなく咲いているかわいそうな花だと思った。乳白色の白さは燃えさかる初秋の残照にもめげることなく、どこか風情があるようにも見えた。

この花が咲く頃には、萩が盛りになり、終わりに近づいた桔梗の紫が色鮮やかに庭に咲いていたのを思い出す。そして父が最も好きな花はこの桔梗の花であった。

父の姉（叔母）が少し話してくれた父の青春時代の桔梗の花にまつわる出来事を思い出すときは、何故か母に後ろめたい気持ちになる。

韮の花をみるにつけ、一生懸命に働いて働いて、ただ夫のために子供のために生き抜いた母の姿を思い出して目頭が熱くなる。

小さな秋を心の糧に

九月の声を聞くと、さすがに残暑厳しき折にも、どこか秋の訪れを「・・・風の音にぞおどろかれぬる」と云った風情で感じる今日この頃である。

紺碧の空に舞う赤とんぼを時を忘れて追い続けた幼き日々、とどかぬ夢を求めて名月の光の中をひたすら歩き続けた少年の日々、大きな真っ赤な太陽が暮れなずむ黄昏の中をゆっくりと沈んでいき、やがて薄い瑠璃色の粒子で染まっていく空のもとで無言で涙した青春の日々。秋にはいつでも遠き日々への郷愁と哀感が漂っていた。

秋は味覚の季節でもある。そして恵み深い日本の素晴らしい季節でもある。今年も「小さい秋」をみつけて糖尿病療養生活の心の糧に出来たらと思う。一緒に頑張りましょう。

九月の海

九月の日曜日の午後に海へ行った。誰もいない砂浜で、遠く濃い群青の色を流す海を眺めた。夏の余韻を残して遙か遠くの空を真っ赤に染めて、水平線に落ちていく太陽をみつめて、少年時代から今日まで生きてきた屈曲の多い長い道を振り返っていた。砂の上に腰を下ろすと、心地よい青い色の潮風が頬をかすめていった。

少年時代に友と二人で岬の突端で裸で泳ぎ、岩かげで体をふくと、夏はそこで終わっていた。

また青春の晩秋の夕暮れに、一人砂に腹ばいそっと砂の上に書いたある人の名前を思い出していた。書いても書いても打ち寄せる波にかき消されて、これが自分の哀しい人生だとそっと涙ぐんだ遠い日々。そんな時はいつも啄木の詩（うた）を思い出していた。

「東海の小島の磯の白砂に　われ泣きぬれて　蟹とたわむる」

仲秋の名月

講演を終えて姉の家へ向かったのは午後五時過ぎであった。高速道路を降りて国道に入ると、退勤時間とぶつかって車は渋滞の中をのろのろと移動した。近道をするため、国道から山あいの道へ入った。登り詰めた所からは太平洋が一望できとても眺めが良い山道である。さらにそこを下って市外に入り、姉の家に着いたのは午後七時を過ぎていた。

居間に入るとその日が仲秋の名月とあって、小さなテーブルには白い布のカバーが掛けられ、五本のすすきとさつまいも、栗、梨、団子などのお供え物が飾られていた。

昔母が十五夜に飾っていたお供え物が、全く同じ様に並べてあった。母が貧しさの中でも、十五夜お月さんに何かを祈るようにテーブルに飾っていたすすきとお供え物を思い出していた。姉はあの頃の母の教えをまだ守っていたのかと、目頭が熱くなってそっと立って縁側に出て月を眺めた。戻って姉が作った団子を一つ食べた。「美味しいね。この団子」「うん、これお母さんが作り方教えてくれたお月見団子だよ」

帰りには同じ道を戻って、太平洋が一望できる所で車を止め、歩道の柵に腰掛け、満月に照らされて銀色に輝く海原をみつめた。眼前の草むらも十五夜に照らされて明るく光っていた。静寂さの中で草むらの中から聞こえる虫の声は弱々しかった。

夜の光る海と頭上の月を仰いで、私は過ぎ去りし日々の人々を思い出していた。心の中を通り過ぎていった人、心の中に影を落としていった人、心の中の片隅に静かに棲み続けている人、その人達を私は思い出して、たまらない寂寥感と深い孤独を感じた。

そして青春時代に口ずさんだ、佐藤春夫の詩『同心草』の「水辺月夜の歌」を思い出していた。

せつなき恋をするゆえに　月かげさむく身にぞ沁む。
もののあわれを知るゆえに　水のひかりぞなげかるる。
身をうたかたとおもうとも　うたかたならじわが思ひ。
げにいやしかるわれながら　うれひは清し、君ゆえに

銀色に光る十五夜の海原をあとにして、滲んでくる目頭を押さえて車に乗り帰途についた。

柿の実

葉の落ちた柿の木の枝に真っ赤な柿の実が一個とその横にはカラスが一羽、黄昏の冷え冷えとした大気の中で、弱い夕陽を浴びて静かに佇む姿は、さながら晩秋の天然色の影絵のようである。

柿には少年時代への郷愁がある。そして柿にまつわるいくつかの忘れがたい思い出がある。

まだ囲炉裏での生活の晩秋の頃に、母は炭の燃えさかる炉に三つ四つ穴を開けて渋柿を竹串に刺して炉端で焼いて食べさせてくれた。炭火の周囲に並べて立てて、熱くなるとじぶじぶと音をたてて渋があふれ出て、皮が少し焦げるくらいになると丁度食べごろで、母は子供達に一つずつ配ってくれた。熱い渋柿を火傷するほどの熱い目に遭いながら、皮をむいてふーふーいって食べたときのおいしさを、今でも笑みを浮かべた母の顔と一緒に思い出す。父の病気の家を憐れがって、母の兄（叔父）が「かます」にいっぱい送ってくれて、母は干し柿をつくり、残りを囲炉裏で焼いて食べさせてくれた。

小学一年生の晩秋頃に、大きな家の石垣塀沿いに数本の大きな柿の木があり、友と二人で夕闇に紛れて、この柿を黙ってもらいに行った。昏くなったころに塀に上り、その頃「フユガキ」（富有柿）といっていた大きな柿をポケットに詰まるだけ詰めて塀からおりようとしたとき、「こら」と言う大声で怒鳴られ、そのはずみで二人とも塀の外に落ちた。友は一目散に逃げたが、私は足をくじき走れず、近くの藪に隠れて、しばらくして傍に誰もいなくなってから、足を引きずって家に戻った。家に着いたら母がいてどこから取ってきたかを訊かれ、次に足首の腫れを見て私を歩かせ、あとは黙って手を引いて、柿を取ってきた家まで連れて行かれた。

母はさかんに謝りながら柿を返して、私を土間に土下座をさせ、頭を押さえて何度も何度も謝らされた。家に帰る途中で立ち止まって、両手でしっかり私の顔を押さえて、「どんなに貧しくとも人様の物を取っては絶対に駄目だよ」と泣きながら私に話した。母の泣いている顔を見て私は絶対にしないことを誓った。

母はその昔、母の父が選んだ結婚相手を断り、勘当同然で家をでて、駅へいく畑の片側の柿の木が数本ある坂道を、大きな包みを背負って泣きながら駅へ向かって和裁女学校の寮に入ったそうである。のち和裁学校の先生に見込まれ、二年間東京の学校に派遣され、いろいろ資格を取って帰り、そこの学校の助手になったと母の妹が教えてくれた。

祖父が亡くなってからは実家にも帰るようになり、晩秋には坂道のあの柿を持って帰った。柿を食べるといつも自分のことは何も語らなかった母の顔をそっと思い出して涙ぐむのが常である。

彼岸花（曼珠沙華）

小学生の頃にお彼岸が近づくとよくお墓の側の小松林に行き、ハツタケをとって母を喜ばせた。この時お墓の側にはきまってぱっとした真っ赤な彼岸花（曼珠沙華）が咲いていた。そして母からはきつく「この花には毒があるから決して触ってはいけない」と云われていた。少し大きくなって、この花を観察してみた時、おしべとめしべが花びらより長く飛び出ているので、観ているとどこか正常な感覚が乱れてくるような気がした。しかし青年期に北原白秋の詩『曼珠沙華（ひがんばな）』を読んでからはまたイメージが変わった。

自分の名前をわきまえて、秋の彼岸の頃になるときまって咲きだす真っ赤な花。寂しいお墓の中を一瞬にわかに火の海のようにしてしまう火焔の花。華やかで寂しくて悲しい花だ。美しくは咲くがどこか儚い運命の花のような気がする。そして田舎の静かな秋の風情が漂って来る花である。

「日の落ちる野中の丘や曼珠沙華」（子規）

「汝の車を星につなげ」

お彼岸を過ぎると、朝晩もめっきり涼しくなり本格的な秋である。夜散歩にでかけると、煌々と照る月の光の中で、見知らぬ世界をどこまでも歩いているようなそんな錯覚にとらわれる。

名も知らぬ道ばたの長い草に反射しているやわらかな月の光。誰かと一緒に語らずに歩いているような気のする明るい野の道。月光に輝く道々の草花がとても美しく、手にとってみたいようなやさしい光の輝き。

ふと気づくと生きてきた道を振り返っていた。若き日にこんな月夜に二人で逢ったなら、言葉はなくともきっと己の未来を、もっと真実の心で豊に語れたであろうかと。そして私はエマーソンの言葉を思い出していた。「汝の車を星につなげ」。そしてこれからの医療人としての生き方を、高い星、高い理想に繋いで生きていかなくてはと思っていた。

糖尿病療養生活のこれからも続く長い道のりを、一緒に歩んでいきましょう。

夜の散歩

夜時間があるときは九時過ぎに散歩に出る。路地を通り、国道五十号の下の新トンネルを抜け、真岡線の踏切を渡って、両脇が田んぼの農道に出る。そして天空を仰いで、父と母に無言の挨拶を送る。十月の今の季節はW字のカシオペヤが北の空にかかってみえる。幼き頃に父の教えてくれた、カシオペヤからの北極星の見つけ方と、エチオピア王の后カシオペヤが美貌を自慢し、海神のたたりを受けて、娘のアンドロメダが海の大岩に鎖でつながれた話を思い出しながら、一人秋の夜の静寂（しじま）の中を歩いている。

リンドウの花

先日秋の山に登ってみた。陽のさした道標の石の上に腰をかけ、紺碧の空を見上げると、爽やかな秋風に吹かれて舞う秋茜（赤とんぼ）と、そのはるか上をゆっくりと流れる真っ白な浮雲とのコントラストがとても美しかった。細い山道を登りつめた日当たりのよい木々の中に、思いがけずにリンドウの花にめぐり逢った。その日は晴天に恵まれ、日当たりの良い土地でもあったので、太陽を見ながら五弁の花びらがひっそりと開いていて、紫の火を花の内側に秘め、その身をそっと灼きつくしたこのリンドウの花の如き、遠い己の青春の秋の日をふと思い出していた。

人生を四季に見立ててー玄冬・青春・朱夏・白秋―

九月の太陽の光はどこか寂しい。夏の余韻を残してはるか遠くの空を真っ赤に染め、地平線に落ちていく筑西の太陽をみつめていると、自分の今日まで生きてきた長い人生の道のりふと思い出したりする。萩の可憐な花が黄昏（たそがれ）の中で揺れている姿は、もう秋だと静かに教えてくれる。

中国の古書に、一生を四季に見立てる発想がある。誕生から二十才までの二十年間を玄冬といい、季節は冬である。春を待ちつつ内的な力を蓄える時期である。色は黒・玄で象徴される。二十才から四十才台の前半までを青春といい、季節は春である。双葉が芽を出し、人は発展と飛躍の時期である。色は緑と青である。四十才後半から六十才までを朱夏といって季節は夏である。植物は結実の準備をする時期である。人生の潤沢のある時期とのことだ。色は朱・赤である。

六十才から以後は白秋といって季節は秋である。人生の実りを収穫する時期を表す。季節もそしてまた人生も、さっぱりとした心境の、どんな色にも染まることのない白で象徴されるという。そして人生は、玄冬から白秋へ、そしてまた、白秋から玄冬へと循環し、未来永劫へと繋がっていくという考え方である。

白秋の時期の私は何を収穫して残りの人生を生きればよいのかと考えるも、心だけはきれいにしておき、いつでも召されたら天に昇って行けるように周囲の環境も心もさっぱりとこぎれいにしておきたい。

癌に罹患した友

大きな柿の木の影を長く伸ばして沈んでゆく真っ赤な夕陽は深まりゆく秋の色である。先日学生時代に同じ寮の部屋で暮らした友が遊びに来た。がんの手術をして、元気にはなったが逢えるときにあっておきたいとのことで神戸から来た。思い出話の途中で、帰り来ぬ青春への激しい憧憬と同時に、全てが移ろい変わり果てていく中で、我々が追い求めた滅びることのない学問の真理とは何であったかと。そしてこれこそが仏教で云う無常なのかと。最後に残された儚き命を精一杯生きようと再会を誓って別れた。

混沌とした世相の中でも、まだ残っている僅かな希望を失わずに最後まで歩めたらと念じている。

紅葉

十一月も半ばを過ぎると、十三年前に庭に植えて大きくなった楓が色づく頃であるが、今年はまだわずかしか変化していない。楓の下のサザンカが笑ってたくさん咲いている。

今年も紅葉のスポットを日時で追いかけていく記事が新聞に出ていた。そのスポットの一つに鳥海山の紅葉が出ていた。四十年前の夏に一度登ったことのある山で、また数年前の晩秋の午後に秋田から鶴岡に向かう羽越線の車窓から、この鳥海山の山頂から麓まで一面に濃き薄き紅に映える変化に富んだ壮麗なる景色に、息をのんでただ絶句するばかりであった。ブナを中心とした落葉広葉樹の豊かなところで、また川や渓谷滝や湧き水など山中から山麓まで変化に富んだ水景を楽しめる山でもある。東北の日本海側にあり、昼と夜の温度差も大きく、それだけ紅葉もひときわ艶やかに色づき、壮麗なる景色をかたちづくっているものと思われる。いつか紅葉の成り立ちを本で読んだことがあった。それは秋になって気温が低下し、葉から茎への物質の移動が出来なくなって、葉柄に分離層が出来、その結果として葉に糖分が蓄積したのが紅葉だと書いてあった。紅葉とは樹々の葉の命の尽きるときの最後の美しい姿なのだと知って、この頃は紅葉をみて少し寂しくなることがある。

いってみれば紅葉の美しさとは、寒さに耐えられなくなった葉の最後の苦悶にも似た叫びの姿なのかと想ったりする。

能因法師の「あらし吹く三室の山のもみじ葉は龍田の川の錦なりけり」の詩のような日本伝統の紅葉の美学も、私の中では今後少し変わってくるような感じがしている。

思い出の心の中の絵

ルイ（柴犬）が夜おしっこに行くときは必ず私の所に来て、庭に連れて行けと吠える。十月の夜の庭に出ると金木犀の濃い黄色の花が満開で、悩ましいまでに発散する甘い香りを庭一面に漂わせていた。先日突然姪から電話をもらい「友達のお母さんが叔父ちゃんの小さい頃のことをよく知っていて懐かしく是非お逢いしたといっていたよ」とのこと。

遠い昔の話である。小学校に入学した登校時には近所の上級生が登校に同伴していた。小学校は自宅から二㎞ほど離れていて、雑木林の坂を登り切った所にあり、私を引率してくれたのは五年生の「和子お姉ちゃん」であった。二年間朝一緒に学校に行った。

「和子お姉ちゃん」はお母さんと二人暮らしだった。私の家から一㎞ほど離れた畑の中の小さな家に住んでいた。家には沢山本があり、また家の周りにはいつでも季節の花々がたくさん咲いていた。五年生のとき、いつもように本を借りて帰る秋も深まった夕暮れどきに玄関に出ると、甘い強い匂いが庭一面に漂っていた。私は和子お姉ちゃんに尋ねた。「この匂いは何の匂い」と。「金木犀という花の匂いで、あそこのこんもり繁った木に咲いている黄色の花の匂いだよ」と云って木まで行って教えてくれた。「和子お姉ちゃん」の家には彼女が中学三年まで本を借りに行った。あるとき母から「受験勉強の邪魔になるからもう決して行ってはいけない」とのきつい言葉で行けなくなった。

いまでも車で実家に帰るとき、国道沿いの彼女の嫁ぎ先の家の前を車で通る。そんな時には、あの甘い匂いと黄色の花の金木犀のこんもりと繁った和子お姉ちゃんの庭の木を思い出す。清秋の黄昏の残照の、夕風に甘い切ない匂いがゆっくりと漂う中で、金木犀の木の傍で和子お姉ちゃんがやさしく微笑んでいる姿の二枚目の絵の美しく清い姿をそっと思い出す。

しっかりと逢って遠い昔のお礼はとても云いたい。しかしあの清く美しい心の中の絵を壊さないためには、堪えて逢わないのがいいのかと思っている。

光を求めて

新型コロナ感染拡大の終息が見えない今年の秋でも、巡りくる季節のなかで花々は忘れずに静かにその命を咲かせている。自転車で職場に向かう途中の用水路の土手に彼岸花（曼珠沙華）が二本、あどけなくひょろっと伸びて花を咲かせている。

私は終戦の一年後に日立で生まれた。物心が付いた頃の記憶では建物があまりない殺伐とした土地であった。後で父からの話で艦砲射撃で町が焼かれたこと、家々が無数の焼夷弾で燃えたこと、父も仕事からの帰り道の途中で、戦闘機の一機から機銃掃射を受けて林に逃げ込んで何とか助かったことなどを聞かされた。

私の兄たちは学校の校舎も無かったので、お寺や焼けなかった公民館で二部授業を受けていた。午前か午後に授業に行けばよかったのだ。私が小学校に入学するとき、木造の校舎が出来て二部授業はなくなった。

私が小学校に入ってから父は結核に罹患し働けなくなった。時代の困難と国の貧困と家庭の貧しさの中で、母は必死になって働いた。田んぼを借りて米を作り、畑を借りて野菜を作り、山羊も豚も鶏も飼い、ウサギも飼った。母の指図で子供達はそれぞれ仕事が決められ、学校から帰ったら皆で分担して仕事に励んだ。川でウナギを、田んぼでドジョウを捕り、沈む夕陽を追い求めて走った。

またある冬の夕方に、田でドジョウと芹を取って帰ったときの母の喜ぶ哀しい顔が心に焼け付き、今でも時々思い出しては涙がにじみむ。

またある初夏の頃に友と二人で近くの森の巨木に鷹の巣があって、もう雛が孵る頃だと聞いて七〜八mの樹に登り目の開かない雛を捕って来て育てた。しかし鷹ではなくカラスだった。良くなついて、肩に乗せてよく一緒に歩きまわった。ある夜に盗まれてしまい、探し回ったら鳥屋に売られていた。買い戻すお金がなく、泣き泣きこのカラスを諦めた。

あるとき父の入院していた病院に母と行って、父からいろいろ話を聞かされた。

「どんなに貧しくっても、たくさん本を読むと心は豊かになるんだ」。またある時は「どんなに暗く困難な時にも必ず光はあるんだ。その小さな光を求めて一生懸命に生きていくと、道が開けてくるんだ」

私は父の言葉を横道、寄り道、回り道をしながらも胸に秘めて生きてきた。そして今私は聖書のヨハネの福音書の中に同じ光の言葉を見いだした。

残された人生を、子供達の未来のために、平和とせめて医療の中だけでも命の平等をしっかりと携え、頭を高くあげて希望という風をとらえて生きて行きたいと思っている。

金木犀の花の香り

雨の上がった十月の夜、仕事の終わりが遅くなって深夜に帰宅した。門扉を開けると金木犀の花の香りが、澄んだ透明な空気を甘やかに包んでいた。いよいよ秋深しかといった感が伝わってきた。

実家でも母がこの花の香りが好きだと云って父に植えさせていた。今あるこの木は八年前に、近所で金木犀の大きな木があり、こんもりと茂った枝の無数の花から何とも云えぬ甘い香りが遠くまで立ちこめているのを知って、母の言葉を思い出し、買ってきて植えた。もう随分大きくなり、今ではこの花の香りは静かな秋の夜にいっそうの静謐さをもたらしてくれている。

父が好きだと云っていた春に咲く沈丁花に比べるとどこか落ち着いた、大人びた感じを与えてくれる。花も小さく地味な黄色の花で、目立たないだけかえって気品の高さを感じる。

原産地の中国では「金木犀は月に生える仙木で、中秋の満月が鮮やかなのは、月の桂花（金木犀）が咲いたからだ」という民話がある。

秋の夜長に犬と庭でこの金木犀の花の香りを胸一杯に抱いて天を仰ぎ、そっとささやいている。「お父さん、今年も金木犀の花が咲いているよ。もう少し医療を頑張るね」と。

私の登山

先日三連休があった。一日目は台風で折れたり倒れたりした庭木の処理と、屋根が吹き飛んで壊れてしまった犬小屋を修繕した。直せるかなと危惧しながら、どうにかこうにか雨は漏らなくなった。遠くから吠えて小屋に入ろうとしなかった犬も、小さな砂肝を入れて置いたら、はじめは警戒しながらも、二度目からは抵抗なく入るようになった。

二日目は朝から晴れ上がった素晴らしい天候だったので、私は躊躇することなく山に登ることにした。三日目は看護学校の講義のレジュメつくりと、たまった書類の整理をしていた。

山登りは三月十一日の大地震の時以来登っていなかった高峯山に登った。人づてに栃木県茂木町深沢側の登山口からは道路が崖崩れや落石で通れなくなっているとのことで、桜川市（旧岩瀬町）の五大力堂の上の登山口から登ることにした。

五大力堂まではまばらに農家が続いているので、道路は寸断されているところは無かった。五大力堂のわきの空き地に車を止め、服を着替え、靴を履き替え、リュックを背負って、杖を持ち、登山口に向かった。途中には赤い警告の立て看板があり、沢側の路肩が地震で鋭くえぐり取られていた。

登山口から登って少し行くと、沢登りの道と尾根伝いの道とに分かれていた。沢登り側の道を選んで登っていくと、途中何度か大きな木が道を塞いでいるところとか、落石で迂回しなければならないところがあった。木漏れ日を眺めながら、時折仰ぎ見る紺碧の空に励まされて、急な斜面をゆっくりと登り詰めた。台風の影響もあってか風で落ちた沢山の葉っぱに足を滑らせながら登っていった。一時間四十分ほどで頂上に着いたが、途中誰にも会うことはなかった。

頂上についてお茶を飲み一休みしてから、尾根伝いに西へ下ってパラグライダーの出発点の所までいってみた。眼下には旧岩瀬の街並みが太陽の光で白く輝いていた。眼前には加波山から筑波山に至る稜線がくっきりと雲一つ無い紺碧の空遠く浮かんでいた。なだらかな丘陵地にはススキの穂の上を赤とんぼが飛び交っていた。いつしか私は、のどかな秋の昼下がりに、赤とんぼが空高く飛んでいた同じような景色の中を、父と二人で無言で登った故郷の山を想い出していた。

里山などの小さな登山を教えてくれたのは父だった。悲しいときや寂しいとき、また一人で悩んでいたときには知らず知らずに山に登るようになった。大きな自然と向かい合って、小さなことで悩んでいる自分を見つめ直した。望遠鏡を逆さに見たような机に座っているちっぽけな自分に気づくとき、小鳥のさえずりや、樹々のささやきや、沢を流れる清流のせせらぎや、紺碧の空に浮かぶ純白の雲達に、私は山に登るたびに生きることを教えられ、励まされてきた。登山での無言の自然との語らいは明日への生きる勇気をいつも与えてくれた。

下山には尾根伝いの道を選んだ。道が分からないくらいに大木がごろごろと倒れていた。崖も崩れているところがあって、いつも下山は登るときよりもずーっと早いのだが、今回はとても時間がかかった。

帰りに高峯山の南斜面の下にある五大力堂に寄ってみた。遠い平安末期に藤原秀郷が平将門の残党狩りの成就を祈願して五昼夜かけて彫ったと言われる五体の仏像が暗い御堂の中には安置されていた。

御堂の西側は大きな杉やけやきの木やくぬぎの木などで鬱蒼としていた。天空は抜けるような蒼さで、物音一つしない深閑としたこんな所でも、戦いがあり人間の歴史のドラマがあったのかと感慨深い想いで一杯になった。「夏草や兵（つわもの）どもの夢の跡」はこの岩瀬の地にも残っていたのだと。遠くで聞こえるつくつくぼうしの鳴き声を聞きながら、五大力堂を後にした。

私は糖尿病の療養指導をするに当たっては、まず「隗より始めよ」を肝に銘じている。毎日歩けるときは四千歩以上歩くこと、休日に暇があれば運動療法を兼ねて山登りをすることにしている。この秋も、精一杯運動療法で頑張ってみましょう。

秋の星座

八月のお盆から九月の中旬まで今年はほとんど晴れる日がない寂しい秋の訪れだった。それでも自然はコロナがあっても災害があっても、巡り来る季節のページを確実に捲ってくれていた。

夜中に老犬と一緒に庭に出ると、雲が大きく裂けて初秋の星空が頭上に描かれた。久しぶりに観る星空に遠い日々に思いをはせていた。

小学校六年、夏休みの宿題があり病弱な父に相談をして、星座の変遷を毎日同じ時刻に同じ位置から観て画用紙に星を書いてみることにした。野や山や川や海の好きな当時の私には、始めはつまらなかったのだが、父が教えてくれた星とギリシャ神話の話に興味が湧き何とか宿題をやり遂げた。

秋の星座では、みずがめ座が南の夜空に姿を現し、その北の上にはペガサス座が、さらに上にはアンドロメダ座、カシオペア座、ケフェウス座が続き、北極星に辿り着く。みずがめ座の東にはくじら座がみられる。みずがめ座は美少年ガニメデの姿で、ガニメデは神々の宴席で神酒をつぐ役目を担っていて、ここからポロポロと散らばる星々が、水瓶から流れ落ちる神酒を表すのだそうだ。

古代エチオピア王国の王妃カシオペヤは、娘のアンドロメダ姫の美しさを自慢したため、椅子に縛り付けられ北の空をぐるぐる回る運命にあう。そして美しいアンドロメダ姫はばけもののくじらの生け贄にされるため、海岸の岩に鎖でつながれる運命になった。アンドロメダ姫をひとのみにしようとしたくじらは、天馬ペガススに乗って駆けつけた勇士ペルセウスに退治されてしまう。

秋の夜空は明るい星のない寂しい星空である。しかし星座神話に登場する星座ばかりで、それは神話を思い出しながら見ると、絵巻物語を観ているようで楽しくもあり、また無窮の天空と儚き人間の命を考え哀しくもなる。メソポタミア地方（イラク）の羊を追って生活していた古代カルデア人が、星のならびを動物や人間の姿にみたてて星座を創ったそうだ。これがのちギリシャに伝えられ、華やかな神話と結びついて現代の星座伝説になったそうだ。古代の人々にとって星座は時刻を知り、季節の変遷を知る手がかりとして大切なものだった父は教えてくれた。

「もうそんなに遅くない時期にお父さんにまたあえるよ」と秋の星座を見ながら父に語りかけている。

心の癒しを求めて

仕事に疲れて己の心それ自体を見失いそうな気がして、どこか自然の中に溶け込み、命の洗濯をしたいと思った。そしてある休日の朝、一人で車を走らせ、小さな旅に出た。以前に二度ほど腰椎の手術を受けてからは、車の運転にはいつも痛みへの一抹の不安が付きまとっていた。

車はいつしか遠い少年時代の思い出の海に向かっていた。そして凝縮された少年時代の思い出と向かい合ってみようと思った。日常的な瑣事によって忙殺されている自分から、過去と向かい合い、そして尽きることのない己の過去との無言の語らいの中で、本当の自分を探し出し、明日への活力を見出せたらと思った。

朝はまだ眠っていた。空には雲の合間から僅かに薄日が覗いていた。変わり果てた道路事情により、さんざん道に迷って、ようやく昼近くになって目的地についた。そこはさえぎる物がない、海に突き出た岬の突端であった。車を降りて大海原の見える突端の最前列に立ってみた。過ぎ去ったばかりの台風の余韻を残して、風が騒ぎ、黒雲が飛ぶ中で、誰もいない海原を追憶の中で眺めていた。時折、ちぎれた雲の合間より、薄陽がやわらかく頬をなでていった。

岬にはまったく人影はなかった。青年時代の遠い昔に「人は何故に生きるのか」と真剣に悩みながら、はるか沖に小さな船を浮かべた大海原を見て泣いた己。

　時折、海から吹き付ける風はもうひんやりとした秋の風であった。そして、海を見ていると、少年時代の思い出の中で、全ての時が止まっているような気がした。

どこまでも続く太平洋の大海原を渡ってくる秋の風が、懐かしい昔の潮の香りを運んできてくれた。いつしか過ぎ去りし「時」を逆向きに刻んでいた。人との出会い、かなえられると信じて切なく追い求め破れたはかなき夢、生きることが苦しくなってこの「海」を見つめて泣き濡れた晩秋の夕暮れ。透き通った真っ直ぐな己の遠い昔の日々を、ない交ぜにしながらいつまでも沖を見つめて思い出していた。

　心の癒しを求めての、この小さな旅は、新しい息吹を身体の中に吹き込んでくれた。帰りに砂浜に下りて拾ってきた貝殻をそっと耳に押し当てると、今でもあの太平洋の潮騒の唄が、遠い昔の風に乗って聞こえてくる。

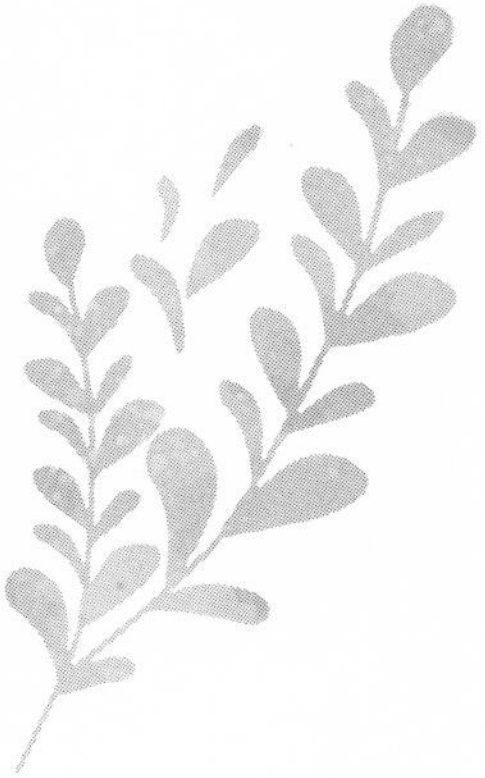

母とサザンカの花

霜月の声を聞くとさすがに朝晩には寒さを感じる。花の無くなったこの季節の庭に淡紅色と白色のサザンカの花が心を和ませてくれている。

サザンカの花には母との幾つかの思い出がある。晩秋の夕暮れに母と一緒に家路についていたとき、よその庭の美しい紅のサザンカの花をみつけ、すばやく折って胸に挿した時の私を諫めた悲しそうな母の顔。また小春日和の縁側の陽だまりで「ひなびていてどこか寂しそうなこのサザンカの花が好きでね」と云っていた母のなごやかな顔。思い出しては目頭が熱くなる。

晩秋の黄昏の静寂さ中でこの花を見ると、結核の父の代わりに必死に働いて働いて生きた母が遠い夕陽の野の下で「人のためにしっかり生きるんだよ」とにこやかに語りかける姿が心に浮かぶ。もうすぐそこに冬の到来を感じる。

サザンカの花

十二月の中旬の柔らかい光のさす朝、いつものように雨戸をあけていると、垣根の枯れ木の間に紅い花が沢山見えた。近寄ってみると、ひんやりとした朝の冷気の中で静かに咲いていたサザンカの花だった。一夜のうちに一斉に咲き出していた。今年もまた冬が来たのだと知らされた。

春が行き、夏が過ぎ、秋が終わって、いつしか季節は巡って初冬に入り、色をなくしていく冬景色の静寂さの中で、ほのぼのとひっそりと咲いていて心を慰めてくれる紅い花。問わず語りさえしない静かな花の横顔。サザンカには少年時代のいくつかの思い出がある。そしてこの花は、小春日和の垣根の陽だまりの中で、サザンカの花を眺めて微笑んでいる母の姿を思い出させてくれる。

「山茶花のここを書斎と定めたり　正岡子規」

サザンカの「少女」

木枯らしの季節の寒い朝にサザンカの花を見ると、遠い昔のある「少女」を思い出す。小学三年生の時の寒い朝、登校の途中で前を歩いていた同級生の女の子が、垣根に咲いていたサザンカの花を枝ごと折って、突然、後ろを向いて走ってきて、私の学童服の胸のポケットにそれをそっと差してくれた。私は恥ずかしくって急に駆けだし、坂を登って急いで昇降口から教室に入り、サザンカの花をそっと鞄にしまった。

六十年以上も会っていないあの「少女」は今どうしているだろうかとサザンカの花を見ると、この頃ふと考えたりしている。

サンマ船団

十一月のある夜、急用ができて姉の家に行った。夜も遅くなって帰る途中、もうじき取り壊すとのことで、廃屋の実家に寄った。取り壊しの前に一目みておきたいと思い、立ち寄ってみた。父が植えた庭の木を回り、海が一望できる角地に立った。夜空には三日月が掛かっていた。目を凝らして海を見つめると、点々と火をともした長い列の船団が見えた。いつか父が教えてくれたさんま船団であった。闇の中での冷たく澄んだ燈火（ともしび）はさびざびとして美しくもあり哀しくもあった。父と母との思い出が私の脇を大河となってどっと流れていった。

高校時代の受験勉強の夜更けに、眠気覚ましによく庭に出て眼下の暗い海をみつめた。私の青春は哀しい青年の姿を借りて、私に忍びよってきた。そして「人はなぜ生きるのか」と自問しつつ、よく涙した。あるとき父が起きてきて、「寒いから風邪をひくぞ」とどてらを肩にかけてくれて私の横に立ち一緒に海をみつめた。「お父さん、あの海の上の点々とした燈火はなに」「あれは南下してきたさんま船団だよ。初冬の夜半の美しい光景だ」。私はそんな父の声をいつしか思い出していた。

「あわれ　秋風よ　こころ（情）あらば伝えてよ・・・」（佐藤春夫）

ある教師への手紙

今日、先生にお手紙をお出しします理由は、私は中学一年のころはとても生意気な生徒で、また反抗的な生徒で、先生にはある「出来事」で多大なご迷惑をおかけいたしましたことへのお詫びのためです。もちろん先生は沢山の生徒がおりまして、またいろいろな学校に赴任されておりますし、それに私の「出来事」から長い歳月を経ておりますので、あまり覚えてはおられないと思いますが、私にとっては中学校を卒業してからずーと胸の内に想い続けてきた「出来事」です。私が齢を重ねるにつれて、幾度か夢にも見て、より鮮明になり、一度先生にお会いして謝らねば謝らねばと長く長く思い続けてきました「出来事」です。

その出来事とは、中学一年生の後期に、先生から云われて生徒会の「副会長」に立候補をしながら、講堂で行われた立会演説に出て行かずに「失格」となった「出来事」でした。

あの頃の私は特に反抗的で先生の言うことをあまりききませんでした。しかし先生はいつも正面からじっくりと私と向き合ってくれました。そして決して私に怒ることをしませんでした。立会演説会が終わって、講堂から教室に帰ったとき、黙って悲しそうな顔を私に向けて、先生はなにも仰らずに責めもしませんでした。顔で「どうしたのだ」とだけ言っていました。

あの時の光景を思い出す度に、先生の面影はいつも鮮やかに私の脳裏に再現されます。そして一回一回、思い出すたびにより鮮やかになっていきます。あの時の悲しそうな先生の眼も、鼻も、口許もはっきり思い出すことが出来ます。そしてあの時の周囲の情景までもが、鮮やかにくっきりとまぶたに描くことが出来ます。

先生のことを思い出すたびに深い罪の意識と、先生の心を考えずに反抗的であった自分がとても惨めになります。でも先生はその後もあまり変わらずに私をみていてくれましたね。もしあの時、先生以外の先生が担任でしたら、きっと私は「ひねくれ者」としてあつかわれ、ずーっとそのレッテルの下で暗く生活を送り、現在の自分は存在しなかったように思います。

今は先生を思い出すたび、何故かある安定した静謐感が自分の身体を充たすのを感じます。それはもはや先生に対する思慕の情や、悲歎の情ではなく、そうした人間的な感情を濾過した純粋で、ある完全な先生への讃嘆のようなものが彷彿としてわきあがってきます。先生のあの優しさが今の私を創ってくれたのだと思うと、懐かしさがこみ上げてきて目頭が熱くなります。

個人の人生史とは、明日への希望を持った己の旅立ちのための語らいでなければならないと思っております。

あの「出来事」について、何時か先生にお会いして一言「お詫び」をしたいとずーと思い続けてきました。昨年三月、久しぶりの同窓会へ出席しまして、先生をお捜しいたしましたが見あたらず、風邪をこじらせ出席できない旨の、先生からのメッセージが読み上げられました。とても残念でした。

先生のご住所を悦子ちゃんからお伺い致しました。もし私とお会いして頂けるのなら、そしてまた先生のご都合のよい日があり教えて頂けるのなら、お伺いしたく思っております。

私もまだ現役で働いておりまして、多忙な日々を送っておりますが、祝日や日曜日には都合がつけられます。以下にご連絡頂ければ幸甚に存じます。
厳寒の折り、風邪など引かれませんよう十分ご留意下さいませ。
お元気でお暮らし下さい。

朝焼けの雲

いつものように仕事の残務整理を終わらせて、三重になった診療所の鍵をかけ外に出た。初冬の夜の冷気と澄み渡った空に浮かぶ、寒々とそして煌々と輝く満月を見つめながら、自転車を漕いでゆっくりと帰途についた。いつもの農道を走りながら、今日も何事もなく一日が終わったと安堵の言葉を自分にかけて家に向かった。

玄関のドアを開けて、中に入ると妻は俯きかげんに無言で出迎えた。「どうだった」と私が問うと妻は「やっぱり手術をしなくっちゃ駄目だって」。やはりそうであったかと、私は黙って頷いた。当面の問題として妻の入院の間、付き添いと仕事の日程をどう調節していこうかと思案した。心は暗くなった。

手術が終わって主治医に呼ばれて、結果と予後について話してもらった。腫瘍は二カ所あったとのこと、そしてどちらも悪性であったこと、ただ一カ所は不規則に浸潤していて、今後は予断を許さないし、リンパ節の転移はとれるだけは取ったが全て取り切れたとは云えないとのことであった。後は抗がん剤を投与したいと話されていた。

リカバリールームへ入って、妻の顔を見た。まだ麻酔から覚めたばかりで、目は開かなかった。応答はようやくできた。時々苦痛そうに顔を歪め大きなため息をついていた。その夜はリカバリールームに簡易のベッドを作ってもらってそこで仮眠をとることにした。

夜中、妻は唸っていた。痛むかと聞くと「いや」と答えた。静まりかえった病室の中で、妻との出会いから今日までの出来事が不連続に頭の中を去来した。

真夜中の静寂の中で、当直の看護師のひたひたと急ぎ足で走る足音が聞こえた。私は壁のこちら側にじっと横たわり、閉ざされた夜の闇の中で孤独であると感じた。自分だけの孤独を、決して他人には分かりえない孤独を感じた。自分が今まで生きてきて味わったことのない深くて重い孤独を。夜の闇を急ぎ足で駆け抜ける木枯らしがときおり窓を叩いた。生きることへの寂しさと悲しさを実感した。眠れぬ夜の静寂（しじま）に恐れおののきながら、凍てつく心でいつしかまどろんでいた。

妻は音楽を奏でることで、芸術家たらんと望んだ。そして私は貧しくとも清らかに誠実に美しく生きることで、私の人生がいくらかでも芸術的であることを望んだ。しかし、自分の人生はただ生きたその日その日で終わってきたように思う。振り返ると切なく悲しかった。生きることは何かとふと考えては、よく明日に向かって立ち尽くしてきた。

人が本当に生きてると感じることとは、その人の中にある全ての情熱や全ての感情が、燃えたぎることだと思う。青春のある時に感じたあのめくるめくような恍惚とした充実感こそ、人の本当に生きてるということだと思う。しかし今の自分には孤独と寂寥感のみがあるだけだ。

私はいつでも美しい湖面に佇む静寂な境地を求め続けた。自由と平等を求めた私の生き方は、激流の中を孤独と絶望にさいなまされながら、悲しい憤怒や空しい諦観の狭間をさまよい歩く生き方だった。そして妻はそんな生き方を支えてくれた。

私は目を閉じたままで、遠い昔、妻との出会いの頃に読んだギリシャ哲学の中のプラトンの「愛について」を思い出した。プラトンのいう「愛」とは、人間の経験を超えた理念の世界に魂が飛び立っていくことで、そこには時間も空間もなく、永遠の喜びがあるだけだという。純粋に人を愛することによってのみ、人は孤独な現実から気高き理念の世界に飛び立つことが出来るのだという。その中での愛こそが、真に孤独な現実から解き放されて生きていける支えになるのだと云う。純粋に清らかな心を持った人を愛することによって、自分が孤独の苦しみから解き放たれ、汚れなき心は気高き理念の世界へと喜びをもって飛び立つことが出来るのだという。まさに夢の哲学のようだと感じた。

ドアが開いてナースが検温のために部屋に入ってきた。私は虚ろな頭で朝の挨拶をした。時計をみて、職場へ向かう準備をはじめた。妻に耳もとでまた夜に来るよとささやいて、看護詰め所に寄りお礼を言い、急ぎ足で出口に向かった。

病院の外に出ると、いきなり朝の光が目に入ってきて眩しかった。東の空に広がる色鮮やかな朝焼けの雲がとても美しかった。ちぎれた雲が空一面に散らばり、真っ赤に燃えて輝いていた。今日は雨が降るのかと思いながら、ふと妻のことを考え涙が滲んだ。私は朝焼けの雲を眺めながら国道を西に向かって、ひたすら車を走らせた。朝はまだどこも眠っていた。

落ち葉

先日、東京での研究会が終わり筑西に戻る夕方の電車の窓から、西の空に広がるいわし雲をみた。青空に小さな片雲を沢山敷きつめたいわしの大群を思わせるとても美しい光景だった。

この雲の美しさとは裏腹に、古くからこの雲は低気圧や台風の接近を告げる雲として、漁師の間では恐がられている雲だと何かの本で読んだことがある。

中秋も過ぎ晩秋にさしかかると夕方はとても寒くなってくる。はらはらと音もなく落ちる木の葉をみると、グールモンの『落葉』の詩（堀口大學訳）を思い出す。

シモーヌ、木の葉の散った森へ行こう
落ち葉は苔と石の小径を被うている
シモーヌ、お前は好きか、落ち葉をふむ足音を？
落ち葉の色は優しく、姿は寂しい
落ち葉ははかなく捨てられて、土の上にいる！
シモーヌ、お前は好きか、落ち葉をふむ音を？
寄りそえ、われ等も何時かは、哀れな落ち葉であろう
寄りそえ、もう夜が来た、そして風が身にしみる

シモーン、お前は好きか、落ち葉をふむ足音を？

晩秋にはそれぞれのシモーヌと連れだって、落ち葉を踏みしめながら山に登れたらいいなと思う。

ブナ林の紅葉

十一月の声をきくと、私の小さな庭にある楓の木も紅葉が始まり、同時にたくさんの葉を落とす。ひっそりとした庭に一抹の賑わいが加わったような妙な寂しさを感じる。

先日新聞で青森県十和田市の八甲田山のぶなの原生林の紅葉の記事が出ていた。自然が織りなす燃え立つ赤の写真がえも言えぬ美を醸し出していた。

もう二十年も前にもなるが、北海道のぶなの北限の地の診療所に勤めていた。以前に勤務していた病院で悲しい出来事が起こり、友に頼んで美しいぶなの北限の地で仕事をした。北国の晩秋は素早く過ぎ去る。診療所の庭にも何本かの楓や銀杏や紅漆の木やぶなの樹までもが植えてあった。鮮やかな色を見せてくれるのも束の間、すぐに落ち葉となって冬支度に入っていってしまう。

遠くに見える山々の、その山奥で真っ赤に燃えている紅葉の美しさにも、人の近づくのを拒む荒々しい北国の自然の厳しさがある。素っ気なくそして毅然としかし美しい光彩を放ってすぐに晩秋は足早に消えていく。

晩秋のある晴れた日曜日に、一人でブナ林の中に入り散策をした。どこまでも碧くどこまでも広く澄みきった空の下を、弱い陽光に透ける紅葉を眺めながら自然の力強い生命を感じながら、誰もいない深い森林の中を歩いた。なめらかな樹肌に美しい苔をまとったブナの木は、土に豊かな水を蓄え、周囲にたくさんの動物や植物を育みながら、天を仰ぎしなやかに伸びていた。そしてそこには、ぶなの樹の一本一本に悠久の時の流れが秘められていると感じた。

歩きながら以前の病院で起こった二つの悲しい出来事を思い出していた。責任者として対応に当たった二年間、心はいつも打ちひしがれていた。決して償うことの出来ない命の出来事に、寝ても魘（うな）された。出来事が一段落しその病院を辞して、この美しいぶなの北限の地に移って一年がたって、ようやく心は少しずつ癒やされてきた。しかし時として生きることの哀しさと切なさがふっと湧き上がってきた。そしてまたこの地の人達に生きることの大切さを幾度も幾度も教えていただいた。

晩秋から初冬になり色鮮やかな紅葉を目にすると、北国の美しいブナ林の紅葉を思い出す。

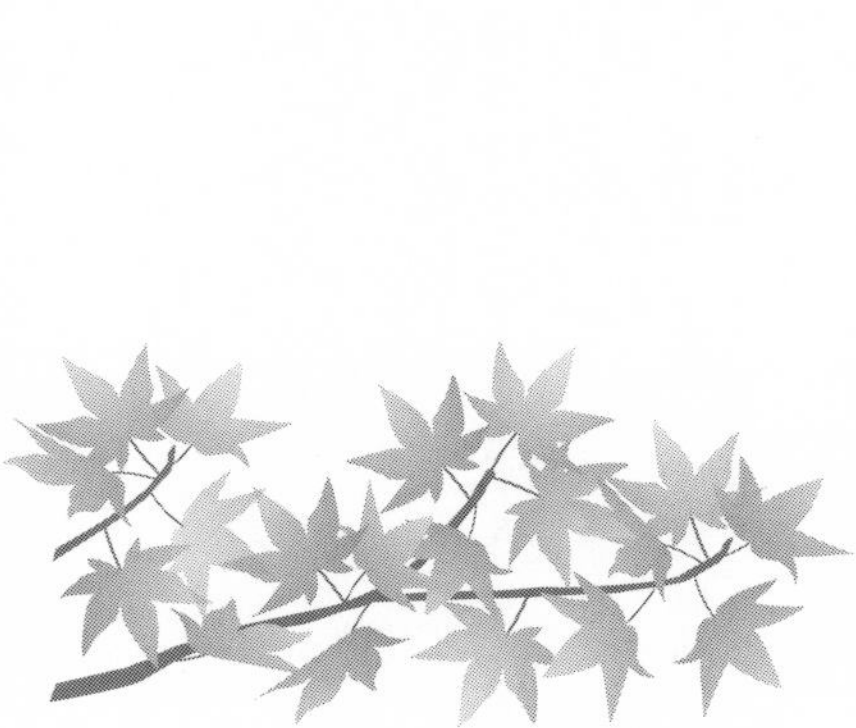

遙かなる天空

月明かりにふと夜空を仰ぐと、「冬の三角形」が輝いていた。オリオン座のベテルギウス、こいぬ座のプロキオン、おおいぬ座のシリウス。それぞれがウインクを送るように輝く。

子供の頃に天体に大きな興味を持った時期もあった。しかしいつしか多忙な仕事に追われて、以前ほどじっくりと空をみることが一時期少なくなった。

古来人類は夜空を眺め、星の動きや月の干満によって天体を知り、さらに多くのことを学ぼうと努めてきた。天体からの教えを学ぶ天文学が人類にとって最も古い学問と云われる理由である。天体の情勢が文化や文明や科学技術を発展させてきたと云われているが、事実であろう。

長い尾をたなびかせながら、遙か彼方の宇宙から出現する彗星はまさに天からの便りである。天からの便りを恐れおののきながらも、眺め思考し、人類はこの便りから何かを読み取ろうと必死に努力してきた。そして日本はその彗星に始めて探査機を着陸させた。そして太陽系の成り立ちや生命の起源に迫ることが出来るのではという大きな期待をかけていた。

十年かけてようやく探査機フェラエが降り立ったのは長さ四㎞、幅三㎞のチュリュモフ・ゲラシメンコ彗星であった。そして表面の画像が地球に送られてきた。その画像によると、「汚れた雪だるま」と呼ばれる彗星は、砂や岩石が混ざった氷でできていたのだ。その実は、遙か遠い四十六億年前に太陽系が誕生したときの様子を留めているのではないかと云われている。

このフェラエの名は親機のロゼッタストーンとともに、古代エジプトのヒエログラフの解読に用いられたフィラエ・オベリスクが発見されたナイル川のフィラエ島にちなんで、名付けられたものであるという。何十億年も前の人類や世界のルーツに挑む壮大なロマンのある謎解きであろう。

めぐる季節を感じ、星空を見上げながら、無窮の宇宙の深遠と、小さな小さな自分の存在を比較してなんとも哀しく「自分の存在とは」という思いをめぐらせてしまう。

長寿を求める心の迷い

不老長寿は人類の有史以来の憧れであり儚き夢であった。如何なる栄華栄達を極めた権力者であっても、この世で果たせなかったものは不老長寿である。

中国のその昔、秦の始皇帝もその一人であった。歴史上では、始皇帝の命をうけた徐福は不老不死の薬草を求めて、東海神仙の国、即ち現在の日本列島に向かって山東省を男女三千人とともに五穀の種子、百種の工人と共に出航したと伝えられている。徐福は道教に通じ、医学や占星術や天文学にも明るい学者だったとも伝えられている。しかし結局、彼は不老不死の薬草は発見出来ず、秦の始皇帝のもとに帰ることなく、この日本列島の何処か（一説には佐賀県あたり）で生涯を終えたと伝えられている。現在、熊野地方をはじめ西日本各地に徐福にまつわる伝説が残っている。農業の神、雨乞いの神としても祀られていた。また筑後川の特産魚エツ（潮河魚）は徐福が上陸したとき葦の葉から転生したと伝えられている。

そしてまた、漢の武帝も不老長寿の薬を求めてその部下たちに命を発した。しかしいずれも不老長寿の薬を得ることは出来なかったと伝えられている。

日本でも『竹取物語』の中に、かぐや姫が、お婿さんになりたいという貴公子達に課題を与える場面があるが、この課題の一つに不老長寿の薬を求めさせる内容が含まれている。勿論、この貴公子達はこの薬を見つけ出すことは出来なかった。爾来この二千年余、未だに不老長寿の薬が発見されたと言う話は聞かない。

古代の古墳が朱で塗られたり、鏡が埋葬されているのも不老不死願望と関係があると言われている。死んでも不老不死という願いもまた哀しき人のなせる技かと何か心痛むものがある。

旧ソ連のカフカス地方は百歳以上が何人もいる長寿地域として国際的に有名である。昔からチーズ、ヨーグルトなどの乳製品をふんだんに摂ることが長寿の理由とされているが、他方でワインを鯨飲する習慣もあり、穀類はトウモロコシということである。この他に、優れた自然環境も見落としてはならない長寿の因子かもしれない。

疫学的に日本全国の長寿地方の調査をした東北大学教授の故近藤博士によると、日本にも長寿村は北海道から沖縄までに散在して各地にあるという。北にも南にもあり、山村にも漁村にもあり、酒を飲む村にも酒をあまり飲まない村にもある。食物でみると米よりも他の穀類、殊に大豆、豆腐がよく、肉よりも魚、野菜は沢山摂るのがよいが一般に大食はいけない。ほどほどの酒はよいがタバコは絶対に駄目ということである。

しかし、日本の長寿村にドブロクを大量に飲む村があり、短命村に酒を飲まない村があることから、酒は大きな影響因子ではないとも考えられている。ロシアのウォッカとフランスのワインが両国の平均寿命を下げていると言われている一方で、ワインを鯨飲するカフカス地方が長寿であるということもある。古来、「酒は百薬の長」という言葉もあるが、酒は適当には飲んでもよいということかもしれない。しかし高血圧学会の結論では、日本酒で一合なら薬で、二合以上では害という結論がでている。

現在、日本人の平均寿命は国際的にトップ水準にあるが、これは近年のことで、戦後の翌々年には男女ともにやっと平均寿命が五十歳を超えたことを振り返ると現在は夢のようである。八世紀の中国の詩人杜甫が「人生七十古来稀」と歌ったのにちなんで、七十歳を古稀として祝う風習があるが、今では長寿祝いをするほどの年齢ではなくなった。日本では年々平均寿命の更新が続いて、百歳以上が数万人を超えてドンドン増えている。

長命には食のみでなく自然環境や生活態度も大きく影響するらしく、恵まれた自然環境の中でのんびりと暮らすのがよく、最近の研究では笑うのが長寿の秘訣と言われている。しかし戦中、戦後食べる物も着る物もろくになく、笑いも出来ない暗い時代の生活を耐えて来た人たちが今の長命記録を更新しているのはどういう理由だろうか。粗食がよかったのか否か、他にどんな要因があったのか判らない。いずれにしても、飽食や大食は長寿の助けにはならない。豪華栄達を極める生き方はけ決して健康によくないのは今や自明であろう。

現在、飽食の時代と言われている我が国の食生活も肉や脂肪や乳製品も欧米に比べて、ほぼ追いついてきた感がある。しかしこの辺で、バランスの良い豊かな日本食に戻リ、健康で長生きをした方がよいように思われる。

不老不死は言うまでもなく、不老長寿にしても簡単には叶えられることではない。しかし、人間は必ず死ぬ動物である。生きることのみに執着するよりも如何に生き、如何に死ぬかこそが、ある意味では大切であるようにも思う。平均寿命以上を長寿と呼ぶのなら、高齢といってもただ年齢を重ねて生きているだけでは長寿とは呼び難い。九十歳を過ぎても心身ともに矍鑠（かくしゃく）として生きている人こそ不老の人と言うべきであろう。出来ることならそんな人に私もあやかって死ぬまで元気で生きてみたい。

―冬の風に乗せて―

冬来たりなば春遠からじ

朝起きて戸を開け、霜で白くなった庭を見ながら、厳寒の真冬に突入したと感じる今日この頃である。厳しい寒さに耐えた冬枯れの樹々は、春には最も鮮やかな緑の葉をつけるといわれている。

今年も福寿草の黄金色の花が可憐に凛々しく咲いているのを見ると、春の到来もそんなに遠くないと感じる。

「冬来たりなば、春遠からじ」、春の暖かい日差しを待ち望みつつ、今年もまた療養生活を頑張りましょう。

かまいたち（鎌鼬）

中学二年の初冬のお昼休み、サザンカの咲いている中庭に、男子の同級生が集まって、一人の友の太ももの五cmもある縦の裂傷を、包帯をはずして皆で見ていた。それは鋭いナイフでさっと切って裂けたような傷だった。鎌鼬（かまいたち）にやられたのだといっていた。風の神の下の谷でと。谷底で一寸身動したときに、突然太ももの肉が裂けてものすごい痛みが走ったと。私ははじめ信じられなかった。目に見えない動物が本当にあの谷底にいるのかと。

ある土曜の午後に風の神の山頂から美しい冬の夕焼けを見に行こうと友を誘った。同時に谷も見たかったからだ。弱い陽光が長い影を落し、茜色の空が広がり始めた初冬の夕方は、空気は静寂さにぴんと張りつめて透き通っていた。大樹の合間より見え隠れする茜色の空を仰ぎながら頂上に登った。頂上では地平線へ落ちていく大きな初冬の夕陽が、西の空を茜色に染め、黄昏の木立の山並みを黄金色に変えた。樹々の梢の間で激しく唸る風の音を聞きながら山頂を後にした。今の自分の姿と、頭上に広がる無窮の天空と比べて、なんと小さな存在かと寂寥感に襲われた。帰りに樹木の鬱蒼と茂る真っ暗な風の神の谷を見下ろし、鎌鼬のことを考えていた。私が生きることへの意味を哀しみをもって考えるようになったのはこの頃からである。その後すぐに図書室で鎌鼬のことを読んだ。「裂傷の出来る現象とは一般に、小旋風の中心に真空が出来、人体がこれに接触して起こる現象」と説明されていた。「昔は鼬（いたち）の仕業と考えこの名がある」と。今でも夢の中に鎌鼬のことが出てくる。全く突然に起ってくる冷酷な人生の仕打ちに泣き叫ぶ自分にハッとして目が覚める。風の神の谷は今では立派に舗装された道路に変わっている。

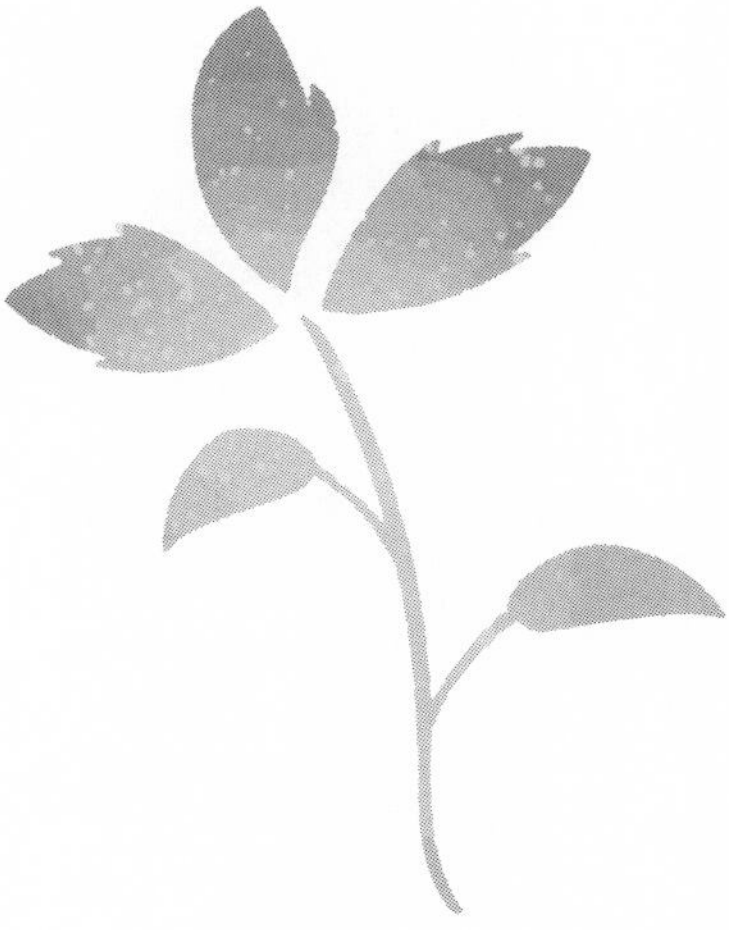

師走の風

師走の風に吹かれて、喧噪たる街の雑踏の中を歩くのが好きだ。人の群れの中にいる時ほど孤独をあじわい、寂寥感を噛みしめるときはないのに、それでも師走の人混みの雑踏の中を歩くのが好きだ。

ふと見つけた花屋の軒先に飾ってある花の中から、きまって小さな鉢植えのシクラメンの花を買い、家の机の左端において、夜のしじまに机に向かって書などを広げて、少し休むときにこの花とお話をする。かがり火のように真っ赤に燃えて、うつむいている五弁の花びらが反り返って咲く姿は、おとなしくはにかみながら、熱い思いを秘めた少女が、だれにも胸のうちを話せないでいる姿に似ていると思ったりする。

殺伐たる世相の中で、師走になって思い出すのは樋口一葉の『大つごもり（おおみそか）』である。一八歳の資産家に下女奉公にいった少女が、止むにやまれずしてその家からお金を盗むお話である。父も母も亡くなって、叔父に預けられて育った後に下女奉公に出る。少女は叔父から借金の利子と年越しのためのお金二円を貸してくれるよう頼まれる。奉公先の奥様に借金をお願いするが断られ、そうしているうちに叔父が約束のお金を借りに来てしまったので、かけ硯（すずり）にあった二十円のうち二円を盗んで渡してしまう。大晦日のお金の棚卸しに、硯を持ってこいといわれ、盗んだことを正直に話そうとして硯をあけると一八円残っているはずが中は空っぽで、その家の放蕩息子の書いた紙が一枚入っていた。「引き出しの分も拝借致し候　石之助」。盗んだ少女の罪をかぶってやった放蕩息子。昔、少年時代に読んで悲しくてそして涙の出るほどうれしく、あの時の震えるような感動を今でも覚えている。

　今増大しつつある子供の貧困が明治時代と変わらぬ現在の社会状況に、思いを巡らすと師走の心が疼く。

交響曲第九番

今年はコロナの影響で『交響曲第九番』がどこでも演奏されなくなったとのことで、寂しがったり、残念がったりする人が多いと聞いている。また今年はベートーベン生誕二百五十年とのことで、特集を組んでいる雑誌や、新聞もある。

私がベートーベンを知るきっかけになったのは、ロマン・ローランの長編小説『ジャン・クリストフ』を読んでからである。この小説は少年時代はベートーベンを、青年時代はミケランジェロを、壮年時代はトルストイをモデルにした小説と言われている。読んでみてベートーベンの幼年・少年時代の環境や性格や成長過程が良く分かった。

そして彼が人間的に素晴らしい音楽家に成長していく過程には、行商をやって時々来ては泊っていく伯父の影響があった。

「ねえ、坊や、お前が家の中で書く物は、みんな音楽じゃない。家の中の音楽は、室内の太陽と同じだ。音楽は家の外にあるのだ。神様のさわやかな貴い空気を少しお前が呼吸するときにね。」

彼は様々な試練を受けて成長していく。内臓の疾患を患い、ロールヘンへの恋に破れ、二十代から耳硬化症で難聴になるが、しかし彼は強靭な意思と努力で苦難を乗り越えていく。自分の作曲した音楽を通して、神の創造したこの宇宙とのつながり、「苦悩を超えて歓喜に至れ」と心の中で叫び続けて作曲に励んだという。

その頃のドイツの音楽家は、貴族や教会に仕える「余興」人にすぎなかった。しかし彼はフランス革命を経験して、貴族に媚びへつらうことをせずに、毅然として大衆の音楽家としてあらゆる人に向けて演奏会を開いて、自分の音楽を披露していった。

『交響曲第九番』はベートーベンの交響曲を統合した音楽だと言われている。シラーの詩に出会い、時代の変遷と困難を乗り越え、『交響曲第九番』を創り出したことは、心打たれるものがある。人類と世界のために、愛と勇気と平和と幸福を祈り、同時に己の孤独な存在をこの交響曲の中に込めて伝えようとしたことはなんと素晴らしいことかと思う。激動の世を五六歳まで生き抜いた偉人の音楽をこのコロナ騒動の中でそっと聴いてみたい。きっと大きな勇気を私達に与えてくれるはずだ。

もうじき大寒

小寒が過ぎ、もうじき大寒がくる。庭には厳寒の中でも奥ゆかしくひっそりと蝋梅の花が咲いている。光沢があり、やわらかな質感に包まれたひっそりとした控えめな花だ。近づくと香ばしいにおいがして、枝一杯に花を咲かせている。もう少しできっと春が来る。

大寒の風景

大寒の時候となり、いよいよ冬将軍の到来である。朝の冷え込みで田畑の全てが白く霜で覆われ、用水路から水鳥の声が聞こえ、深閑とした張りつめた空気が寒さを一層強く感じさせる。いつもこの時期に自分に言い聞かせる「冬来たりなば、春遠からじ」と。そして、降り注ぐやさしい日差しと山から下りてくる暖かい東風を待ちわびている。

冬枯れの樹々

机の隅の小さな鉢植えの福寿草の花が今年も咲き出した。遠い日の少年の頃に父に連れられて、山の斜面で見た黄色いこの花の可憐さと、父の暖かさとを懐かしく思い出している。暖かさと寂しさとの入り混じった思い出の花である。

厳寒の冬枯れの木々が何故か私は好きだ。厳しい冬を耐え抜いた木々にこそ、春の喜びがとても大きいような気がするからだ。

白い霜柱と田のあぜから出る朝もやに、えもいえぬ筑西の叙情性を感じつつ、早春を待ちわびている。

風邪など引かずに、冬を乗り切りましょう

寂しき我が人生

青春とはガラス玉のようなものだと思う。あとから振り返ると、輝きもし、美しくもあり、また脆く壊れやすくもあるからだ。そして人生とは横道、寄り道、回り道でもある。いろいろな小さな道があって、でもいつかどこかで大きな道に戻ればいいのではないかと思う。私の生きてきた道を振り返って、幼年時代から中学時代までのエピソードを交えて辿ってみたい。

一、幼年時代

私が物心がついた四～五歳児の頃の、私の生まれた日立は、戦争の傷跡が生々しく、艦砲射撃によって、ほとんどが焼け野原であった。学校もなく、私より年上の人達は二部授業と云って、午前学校に行ったら午後は休みだった。子供ながら学校っていいなと思っていた。勿論、幼稚園などもなかった時代である。

私が学校に入学する前の頃、父と長兄が家でよく寝ていた。父はそれでも週何回かは病院に通って、気胸という治療を受けていた。「肺に注射で空気を入れる治療だ」と話していたが、これがとても痛くて帰宅すると、苦しそうに寝込んでいた。幼き私は、この頃父と兄がとても怠け者に見えた。父は働かずに、兄は学校へも行かずに寝てばかりいると思っていた。二人とも結核だったのだ。

それに変わって、母はよく働いた。仕事があればなりふりかまわず、幼き私を連れて一生懸命に働いていた。田植え、稲刈り、野菜つくり、建築現場、家に帰って夜には華道と和裁を近所の女の子に教えていた。私はバッチ（末っ子）で母といつも一緒だったので、その働きぶりは手に取るように見ていた。田んぼの畦で、畑の土の上で、建築現場の休み場で、膝にあごを乗せて母の仕事ぶりを見てきた。母の言いつけどおりに守って、おとなしくしていた。そんな母をみていたから、母から頼まれる用事があれば雨が降っていても風が吹いていても、決して厭だと言ったことはなかった。

母が仕事で遅いときには、兄弟で当番を決めて夕食を作った。ご飯と味噌汁とおかずをである。どうやって作るかは母が教えてくれた。

その日は朝から早春の晴れ渡った暖かい日であった。母に連れられてバスで常陸太田まで行った。そこからさらに八km（当時二里と言っていた）ほど歩いて山間の部落に着いた。待っていたのは母の二人いる妹の、上の妹だった。「よく来たねー、こんな所まで歩いてねー」叔母はそういって色々お菓子をくれた。母とは母屋から出て、前の畑の丸太に座って二人でひそひそと泣きながら話していた。きっと貸せるお金はないと云うことだったと私は想像した。途中まで叔母が送ってきてくれて、別れ際に僕にお金を握らせてくれた。貰っていいのか分からずに母の顔を見たが、涙で濡れきった母の顔からは、その善し悪しは読み取れなかった。結局はもらって、母に預けた。

自分だけ良ければよいと云う考えは、母の姿を見てきて、どうしても持てなくなった。そして貧困を生み出す社会構造とは何かと少しずつ考えるようになった

二、少年時代

小学一年の入学式の前日まで、私は漢字も読めず、ひらがなも書けなかった。明日は入学式だというのに何も出来ない私の無知に母は驚いて、色々教えてくれた。名前、持って行くものとか、細々（こまごま）と教えてくれた。入学式の朝に、前日の夜に買ってくれたランドセルを背負ってみて、何故か気恥ずかしかった。皮のランドセルでもなく、布とボール紙で出来たランドセルだった。でもとても有り難かった。きっと大変な思いをして買ったのだろうと考えると、子供ながら胸が熱くなりうれしかった。

半年もしないうちにランドセルは壊れて、以後は買ってくれとも言えなかったので、風呂敷を鞄代わりにして、教科書を包んで学校に持って行った。よく馬鹿にする子もいたが、ちっとも恥ずかしくはなかった。家は貧乏なんだから仕方がないと思っていた。からかう友には知らんふりをして相手にもしなかった。

小学一年生のときから、家計のためにと小動物を飼っていた。アンゴラウサギ、鶏、山羊、豚、文鳥、ジュウシマツなどを飼い、売っては家計の足しにした。

豚はとても大変だった。朝早くから残飯を集めに行くのだが、わざとタバコを入れておいたり、食べると死んでしまうものも入っていて泣いた。世の中には悪い人がたくさんいるのだといつも知らされた。文鳥、ジュウシマツなどを小鳥屋で買ってもらい、繁殖させてまた小鳥屋に買ってもらった。

学校から帰ると、これらの小動物たちの世話で忙しかった。兄弟みんなで手分けして世話をしていた。

その外にも、私はドジョウやウナギや鯉を捕ってきた。小学生のときから、ウナギ取りはとても上手だった。自分で太い毛糸針を蝋燭の炎で曲げて、ウナギが食いつきやすいように釣り針をつくっていた。太い大きなウナギを釣っては母を喜ばせた。芹やドジョウも捕り、夕食に役立てていた。母の喜ぶ顔が好きで、一生懸命に働いた。

学校の友と一緒に遊ぶと云うことはあまりなかった。やらなければならないことがありすぎたのである。

またそればかりではなかったかも知れない。小学四年の時、クラスに大きくって強い番長といわれる子がいて、その子が中心に何人かが私をいつもいじめていた。一つは教科書のことだった。その頃は教科書は個人で買わなければならなかった。しかし買うお金がなかったので、兄のお下がりか、または変わってしまった本は父が床につきながらも、近所の子の教科書を借りてきて文字を写し、絵をまねて教科書の本を作ってくれた。その本を大事に使っていた。または母は夜なべをして破れた服を繕ってくれて、それを着て学校に行っていた。

しかし、この本や着ている服をみんなで毎日冷やかしに来た。おとなしく黙っていたら、何日も何日もガキ大将がみんなを引き連れて冷やかし馬鹿にし、こずきまわった。恥ずかしいことは何もなかったのだが、一生懸命に夜なべをして繕ってくれている母と、病弱で働けない父が丹精込めてつくってくれた教科書を馬鹿にするのが許せなかった。しかしガキ大将の親はＰＴＡの会長だった。一人で大勢の人にはとうてい勝ち目はなかったので、どうすれば懲らしめてやれるかと、とことん考えた。いつも山や川に行っていたので、兄が青大将の蛇を捕まえるのをみていた。

あるときお墓で青大将に遇ったことを思い出し、毒のないことを父に聞いて確かめて、また、その中ぐらいの青大将を捕まえに行き、網で口をしばり、そっと風呂敷に包んでしまっておいた。

翌日学校に行くと、いつものようにガキ大将がみんなを連れて昼休み時間にいじめに来た。この時はあらかじめ青大将を風呂敷から取り出し、服のポケットに入れておいた。中位の蛇だが、ポケットはふくらんで動いていたがそのままにしておいた。

一番身体が大きく強いガキ大将とはじめて面と向かい合った。相手の「やれるのならやってみろ」の言葉で、普段は弱くおとなしい私が隙をぬってかかっていき、廊下まで押していって足をかけて思いっきり倒した。そしてその上に乗り、ポケットから取り出した青大将を、ガキ大将の首に巻き付け蛇の首を顔まで持って行った。いつも弱いものをいじめていたそのガキ大将は失神を起こして、がたがた震え口から泡を吹き出した。周りではクラスの女子達の泣き叫ぶ声で大騒ぎになっていた。職員室からは先生が何人か飛び出してきて止めようとしたが、私が蛇を持って放さなかったので、近寄らなかった
その後で、私は何度も校長室に呼び出された。そして厳重な注意を受け、謝るように何度も校長先生から言われた。しかし私は謝らなかった。悪いのは相手だと思っていたから。青大将も元気なく、決して何の悪さもしなかった。以後私をいじめる悪はいなくなった。しかし後でいろいろ考え深く反省をした。しかしあの時はそうする以外いじめから逃れる術はなかったので、仕方が無かったのだと今でも自分に言い聞かせている。

そしてこの年の夏は大変な時期だった。家の借金がにっちもさっちもいかなくなった。いろいろな人が出入りし、騒ぎ、泣き、怒鳴り合いをした。

きっかけは母の父（僕の祖父）の死去による遺産相続をめぐってであった。母の兄が母に遺産相続の放棄を迫って、母が同意し実印を押したことを、父方の親類が父に知らせたことが発端になった。父方の親類は父に離婚を迫った。父の本当の考えは分からなかったが、夏の終わりには父も同意し、私とすぐ上の兄と姉は母方に引き取られることになり、上三人の兄は父方に引き取られることに決まった。

学校移転の手続きも終わって、母の実家に移り住むことになったのだが、その三日前に、突然母の兄

が来て急遽借金の返済を全てするといいだして、離婚はしないことになった。杉山の一部を売ってそのお金に充てたと叔父（母の兄）は言っていた。

これ以後、家は貧しかったが、借金取りに追われて戦々恐々とする母の姿はなくなり、貧しいなりに皆で一生懸命に働き生きてきた。

今思い出すとあの頃が一番家族の絆が強かったようにも思う。貧しいときほど皆が身体を寄せ合って、心を一つにして生きていたように思う。

私は相変わらずに、家のために働いた。小動物を飼い、ウナギを捕り、ドジョウを捕り、芹を取った。またいたずらにカラスも飼った。近所から色々苦情を云われたが、一生懸命育てた。とてもかわいかった。

小学生の高学年には、貧しきもの、弱きものへの共感はとても強かったと思う。いつも私の友は弱きもので貧しい友ばかりだった。

三、反抗期

中学校に入ってからは、相変わらず母は働きずくめだったが、時間は定時に帰れるようになっていたから、夕食もつくる必要はなくなった。

私は自分の心のどこかにいつもあった心の空洞を埋めるために、何か部活でスポーツをやりたいと父に話した。父は考えていたが、やりたいものがあるならやったらどうかと勧めてくれた。

私はいつも動いている運動で、それでいて動きに法則性がありそうなサッカーを選んだ。母に言って、ようやく六月になってサッカー靴とユニホームを揃えてもらった。

ある土曜日の午後三年生から一年と二年生の部員が呼ばれて、いまから「戦いがあるから来い」とのことで、学校の近くのお墓に連れて行かれた。隣の中学のサッカー部の生徒がやはりたくさん来ていて、何が始まるのかは皆目見当がつかなかった。

そうこうするうちに、両中学の三年生の代表が出て行き、なにやら話し合っていた。ポケットから出したのは、小さなナイフだった。そのナイフをさらに、包帯でくるんで先端を一cmほど出していた。刺す場所は両太ももの前面だけという話が途切れ途切れに聞こえてきた。ナイフで戦闘が始まるのだとその時になってはじめて戦いの意味が分かった。私の中学の先輩は勇敢に戦ったが、十分ほどで刺された部位から血が流れ出て、歩けなくなって降参した。負けたのであった。また数人が話し合っていたが、それで全てが終わった。

後できくところによると、毎年春には新規三年生がルールに則って、喧嘩試合をするのだそうだ。決して大けがはしないようにナイフの先端だけを包帯で巻いて出して、大腿の前面だけを刺す戦いだそうだ。何がおもしろいのかと見ていて思った。

それから一週間ほどしてサッカー部全員が校長室に呼ばれて、ことの一部始終を問い詰められた。私は何も知らなかったので喋らなかったが、その場でサッカー部の解散を言い渡されて、皆でしょげて帰ってきた。

中学校での私のモットーは、「教師と女子には好かれず、男子の友に好かれること」であった。そして学校や教師には大いに反抗をした。

一年に入学した十月の後期の生徒会副会長を学校側から指名された。悩んだ。立ち会い演説会に担任から出るように言われたが、私はその時間に、壇上に上がらずクラスの皆の中混じって座っていた。騒ぎになっても壇上には上らずにいた。司会の先生が失格を宣言した。この事は担任の先生を大変困らせた。学級の役員や生徒会の役員が嫌いと云うこともあったが、職員室で決めたとおりに従えという考えにはどうしても受け入れられなかった。その時の担任は良い先生だった。きっととても悲しませたと思う。後から考えると、悪いことをしたと思い続けた。以後ずーっとその先生への罪の意識で悩んだ。

中学三年になって、再度生徒会の会長に立候補するようにまた違う担任に言われた。その次の日から学校を休んだ。家で勉強をしていると、夜になって担任の先生がやってきて、父と母と話していた。その時は父に説得されて、ようやくやることになったが、承服はしなかった。一週間休んで学校に行ったが、心はむなしかった。

学校の判断で生徒の意見を聞くことなく決定するその頃の職員会議に何故か反発をしていた。生徒の評価の仕方が間違っているぞと、いつも思っていた。生徒の向き不向きもあり、学校の判断で自主活動なはずの、生徒会の役員を決めるべきものではないと言いたかった。

生徒会の任期が切れるまでは、老人ホームの慰問やら障害者施設の訪問やら他の行事のお手伝いやらを生徒会の役員でやった。それはそれで社会の隅ずみを垣間見れてとてもよかったと思った。

そしてまた、勇敢に下駄履き運動を一人でやった。しかし下駄を履いていくたびに先生に割られて、裸足で帰ってきた。また長髪の自由化を口にして実践したら、学校でバリカンで頭の真ん中だけを刈られて、学校でも家でも皆に大笑いされた。今思うと散々先生を困らせた生意気な、ませた生徒だったと思う。思い出すと恥ずかしく、穴があったら入りたいくらいである。

柴犬ルイ

厳寒でも夜中の寝る前には必ず、ルイ（犬）のおしっこのために庭に一緒に出ることにしている。西の空の三日月と頭上のオリオン星座を仰ぎながら、年老いて真っすぐには歩けないルイの後をゆっくりと歩くのが常だ。ここ何か月前からか、左の後ろ脚が十分に動かない。立てなくなると私は両腕でルイを立たしてあげる。脳梗塞（ラクナ梗塞）でもあるのかと想像している。

ルイがこの家に来たのはほぼ十六年前だ。生まれて二十日ぐらいの柴犬を妻は選んだ。

あれから十六年が過ぎ、ルイは人間の年齢では八十歳もとうに過ぎている。ルイは庭でおしっこをするときは、垣根によどんでいる落ち葉の中に鼻をうずめて、くすくすくすと匂いをかぎ、ヨロヨロと二本ある蠟梅の木の根元に行って用を足す。

ルイのおしっこは濃茶褐色だ。便は緑白色で、胆道系の腫瘍かとも考えている。

ルイはいつでも我々夫婦の心をつなぐ役割をしてくれた。口論をすると大きな声で吠え、具合が悪く寝ている時はそっとやってきてクンクン言いながら顔に鼻を寄せてくる。

ルイは時々便や尿の失禁をする。与えられた命を懸命に生きる姿は感動的だ。自分の命を全うするために、ありったけの力を振り絞って頑張る姿はつらいものがあるが、いろいろなことを教えてくれる。残されたルイとの時間を大切にして、しっかりとルイに寄り添って最後まで一緒に生きてみたい。

旅人

昨日、天空より舞い落ちる淡雪をみつめていましたら、島崎藤村の『小諸なる古城のほとり』の淡雪を思い出した。大学の教養部にいた三月頃に、長野県出身の友の実家に一週間ほど泊まって、小諸の千曲川周辺をゆっくりと散策した。肌寒い早春の黄昏時に、千曲川の岸に登って、暮れゆく佐久の寂しき風景を見つめていた自分という「旅人」を思い出していた。はこべも野草もまだ萌え出さない浅い春、目を慰めるものは遠くに見える僅かに芽の出ている麦の緑であった。そして若かりし頃の「旅人」の憂愁と、青春の輝かしい時が過ぎ去り、遙かなる人生の迷いの途に踏み込んでしまった今の自分という「人生の旅人」のほろ苦みのある早春の憂愁を、哀感を交えて寂しく比較している。

寒椿

冬の朝、自転車でクリニックに行く途中の、用水路沿いの家の垣根に、一本の寒椿がある。一月の中頃から黒味がかった緑の葉の間に真っ赤な小輪の花を咲かせている。

寒椿をみると、毎年父が母に頼まれて迎春の床飾りに、庭の満開になった寒椿の枝を切って、母と二人で白い花瓶に挿していた光景を思い出す。父の遺愛の花の一つであったと思い出し、六年まえに私も寒椿の苗木を一本買って庭の後ろの、いろいろな木の間に植えてみた。

今年初めて一個の蕾を持った。私がよく登る里山の、木々に囲まれたうす暗い小さな丘陵地にも、多くの木の間に人知れずひっそりと咲いている一本の寒椿がある。比較的小輪の一重咲きの花で、つややかな葉の後ろに、隠れるようにして咲いている。誰に見られることもなく、自分を訴えることもなく、冬ざれの景色の中で静かに咲いている素朴にして妖艶にも見えるこの花は、人や小説を思い出させてくれる。

そしてデュマの『椿姫』のマルグリットの哀しい女の人生をふと考えたりしている。

喜寿を目前にして、なお夢ある未来を・・・

今年は十二支の寅年にあたる。いよいよ私もあと二年で喜寿を迎えることになった。私は戊年生まれである。書によれば、戊年生まれの性格とは、非常に忍耐強く、確固とした信念を持ち、人を助ける義侠心の持ち主で、どんな不正も憎み、他人の意見にも耳を傾ける度量があり、直感的に相手の人柄を見抜き、さらには、義理人情に厚く、十二支の中では最も誠実さにあふれているという。自分の七十五年の人生を振り返ってみて、果たしてどうであったかと、つい苦笑してしまう。

七十才近くなってからの「時」の経つのが早いのにはいつも寂しさを感じる。冬の夕焼けを見るたび、一日の短さに気付き、とても物悲しくなる。何か大切なものをあの夕焼けの向うにおいてきてしまったような焦燥感に駆られることがある。ねぐらに帰る鳥たちの、夕陽に向って照し出される長い列に見入る時、少年時代の「時」を忘れた充実感に限りない郷愁を覚える。山で鳴く冬の鴬を追いかけ、ちゃんばらごっこをし、たんぼでどじょう堀りをしてへとへとになっても、地平線に沈みかけた大きな赤い冬の太陽に向って、沈まぬことを願いつつ、ただ無心に走り続けた幼き己。ここにはいつも、充実した「時」の営みがあった。明日と云う己の「時」に向って、未来への可能性をいつも信じ、「時」の空間をひた走りに走り続けた幼き己。

六十才から以後は白秋といって季節は秋である。人生の実りを収穫する時期を表す。季節もそしてまた人生も、さっぱりとした心境の、どんな色にも染まることのない白で象徴されるという。そして人生は、玄冬から白秋へ、そしてまた、白秋から玄冬へと循環し、未来永劫へと繋がっていくという考え方である。

私自身の還暦以後の人生の季節は白秋である。そして心の色は、さっぱりとした心境の、どんな色にも染まることのない白のはずだ。しかし現実には何か大きな隔たりがあるように思う。

喜寿を過ぎた後の生き方を考えるとき、終焉を目前にしてもなお、私は二つの目標を持ちたいと思う。一つには、いつでも残されたの自分の人生への夢を心の中に持ち続けること。そしてもう一つは、健康で山登りを続け、いつでも患者さんへの限りない共感を心の中に失わないこと。

残りの人生を充実させるのは、明日への夢を心の内に持ち続ける時であり、夢のある未来に向かって己を失わずに、たゆまず死ぬまで歩み続けることであろうと思う。明日という未来に向かって、気負わず、謙虚に、己の夢を持ち続けて生きるとき、どんな色にも染まることのない人生の白を実感できるような気がする。

髪に白い大雪が降り、額に大波が押し寄せてきた今こそ、心の深いところに、逞しい意志と、豊かな想像力と、燃えるような情熱をもって、可能ならもう一度生きてみたい。かなわぬ儚い夢であろうか。

友への手紙

暦の上では春ですが、余寒なお去りやらず、雪の舞う日々が続いておりますね。

「ゆきふるといいしばかりの人しずか」室生犀星が晩年、芭蕉の枯淡幽寂を尊び詠んだ俳句ですが、今降っている深夜の雪をふと窓越しにみながら、思い出して書いています。

先日は有り難うございました。お久しぶりにお会いして、お元気そうで、また昔の面影が沢山残っている姿に安堵いたしました。

謝らねばならないことがあります。同窓会にまた出席できないことです。どうしても出席しなければならない研究会がありまして、そちらに出席します。申し訳ありません。

いつだったか悦ちゃんに、同窓会が「懐かしくはないのか」と問われて、「ない」と返答したこと、反省しております。きっと悦ちゃんと同じくらいに「懐かしさ」も「皆に逢いたさ」も持っているだろうと思っております。

いつも土曜・休日を色々と時間に追われて過ごしております。今私が担っている診療以外の「仕事」もありまして、結構忙しい毎日です。

戦後の日本の貧しい時代に生まれ、企業城下町の Hierarchy の中で、理由の分からない閉塞感を感じつつ成長し、やがて社会の矛盾に気づき、生まれ育った街が厭になりそこを離れ、しかし断ちがたい望郷の念に駆られて、年老いて再び故郷にそっと戻ってきた自分に偽りはないのです。

青春の内なる怯懦やためらいや向こう見ずなどを自分の中に見出すとき、恥ずかしさと一緒に、小学校時代や中学時代を思い出し、友の顔が不連続に頭をよぎります。こんな時はこれが自分の郷愁であり「懐かしさ」なのだと感じます。

齢（よわい）七十年を重ねて、本などを読んでいる夜の静寂（しじま）に、己の最後の生き方をどうあるべきかと考えたりしております。そして老いていく人間の孤独な寂寥感を味わったりしております。自分だけの孤独、決して他人には分かりえない孤独、老いを生きるという深くて重い孤独をです。

夜の闇を駆け抜ける木枯らしが、窓を叩いて遠ざかって行くときなど、これから先を生きることへの寂しさ哀しさを実感したりします。眠れえぬ夜の静寂に明日への己を恐れおののきながらも、冷えた心はいつしかまどろんで、翌日はもう忘れてしまうのですが。

人が本当に生きていると感じることとは、どんなことなのかとふと考えたりしております。青春のある時に感じためくるめくような恍惚とした充実感は、きっともう感じることはないでしょう。これからの自分は孤独や寂寥感に耐えて日々を送ることが多くなるのでしょう。老いを生きるとはそんなことなのでしょうね。

それでも明日に向かって希望を持って、最後まで自分の夢を追い続けたいと思っています。老いてもなお夢を持つこと、そんな生き方をこれからも追い求めていきたいです。

どうぞ、お元気で頑張って下さい。またお会いできる日を楽しみにしております。

冬景色

師走の朝に、透き通った、肌をさすような北風にあらがいながら、職場に向かって自転車を走らせ農道に出ると、田は一面、白い霜に覆われていた。用水路からの白い靄、尾を振るセキレイの声、水鳥の羽音、北西の空に朝陽に輝く那須連峰の冠雪、これらは紛れもない筑西の冬景色である。幼き頃の冬景色と交錯しつつ、貧しさの中でも暖かい帽子を編んでくれた母の姿を思い出している。

春寒厳しき折

春寒厳しき折。如月は最も色のない風景の月である。そして如月は私たちの周りの自然を清楚にしてくれている。山の樹々も、雑木林も、原野も、全ての物が洗い流されて飾りのない自然の姿でじっと耐えている如月の季節。そしてそっとささやく。「自らの塵芥（ちりあくた）を捨てじっと耐え、希望を持って、春の暖かい光りを待て」と。

冬の寒さにじっと耐えた人にこそ、明るい春の光の到来は大きな喜びとなるという。やわらかな春の陽光を待ちつつ風邪など引かず頑張りましょう。

新春の山登り

暖かく柔らかな弱い午後の陽光が長い影を落してそそぎ込み、薄い茜色の空が広がり始めた新春の午後も遅くに、私は故郷の小さな山に登った。幼き頃から青春に至るまで幾度と無く一人で登った山である。

車を参道の傍らに止め、靴を履き替え、帽子をかぶり、軍手をはめて、リュックを背負い、愛用の杖代わりの木を携えて山門の登山口に立つと、山の夕方の肌を刺すような寒風が頬をなでていった。山の空気はお正月の夕方の静寂さの中で、ぴんと張りつめて透き通っていた。渓流に沿った山道は古い大木に覆われ、夕暮れが迫りくる中、薄暗く厳かな感があった。

渓流のせせらぎを聞きながら、少年時代にもこれと同じ流れのせせらぎの音がしていたのを、遠い記憶のなかで思い出していた。夕闇が迫る深閑とした静寂の中で、急に渓流の音だけがひときわ大きく耳に届き、顔に降りかかる夕暮れの木漏れ陽と一時戯れると、みずみずしい樹木の匂いに、いつしか少年時代のある記憶が鮮明に蘇って来た。

私は四つ年上の腕白な兄の顔を想い出していた。兄は冬の晴れ渡ったこの山の渓流で、一本の木を切ってきて、私の目の前で渓流の中にその木を入れ、そしてみるみるうちに水をロイヤルブルーの色に変えた。その時私は目の醒めるようなこの真っ青に変わった渓流の水の色をこよなく美しいと思った。

そして私はその後、青くなる木を求めて冬の間、夢中でこの山の中をさ迷い歩いた。しかしいくら探しても渓流の水をロイヤルブルー変える木は見つからなかった。

その後何年も経て、あの渓流の水を美しい色に変えた木がトリックであったことを知った。しかしその後も、私には水に入れると美しいロイヤルブルーの色に変えた木があの山のどこかにあるような気がしてならなかった。冬の渓流のせせらぎの音は、今でもあの腕白な兄のロイヤルブルーの美しい色に帰っていく。

山門から山頂への道は狭く急で、ゆっくり登ってもかなり汗ばんだ。途中ジャッチャジャッチャと鳴く冬の鶯の声を聞き、頭上でけたたましく鳴く百舌鳥の鳴声に驚きながら、木々の合間より見え隠れする茜色の空を仰ぎ仰ぎ、私は頂上を目指して登りつめた。

頂上からの眺めは素晴らしかった。地平線に落ちていく大きな冬の夕陽が、西の空を茜色に染め、黄昏の冬木立の山並みを黄金色に変えて、えもいえぬ美しさだった。しかし時折黒い雲に覆われて、粉雪が舞った。誰もいない頂上で、空の碧さと、大木に囲まれた鬱蒼たる荘厳なる景観と、樹々の梢の間で悲しそうに哭く風の流れの激しさに、私は寂しくなった。それは遠い日に見た景色と同じような気がしたからであった。そしてこの景色の中で永遠に眠れたらと思った。それはあの青春の色と音であったからだ。

そこから尾根伝いに風神山へ向かった。山の高台から青い海と流れる白い雲を見つめて美しいと思った。今年も激動の中を人権を守って生きようと思った。

故郷の山

二月の日曜日の休みの午後に、故郷の山に登った。紺碧の空が限りなく広がり、肌を刺す透き通った張りつめた強い風を受けて、鬱蒼たる冬枯れの樹木の間をゆっくりと頂上をめざして登った。山の中腹からは、谷から真っ直ぐに伸びた樹齢千年と云われる杉の巨木が現れ、霊験のあらたかさを求めて登った修業僧達の、昔日の面影を偲ばせてくれる威厳を残していた。

頂上から沈みかけた大きな夕陽に向かって、何かを求めて無我夢中で走り続けた幼き自分の姿を思い出していた。そしてその姿は透明の儚さで、夕闇のおぼろな流れの中へ消え失せていった。幼き日の悲しみを山頂から眺めたような気がした。悲しいほど美しい響きで「ピーヒョロロ」と鳴くトンビの声が夕闇の中から木魂してきた。

下山の途中で、いつしか齢（よわい）を重ね明日が気になる年になったと気づいた。自分を信じて遮二無二走り続けた己の人生。重ねた年月の心の重みを意識しつつも、どこかに明日への理想と希望を夢見て頑張りたいというひそやかな願いもまだ自分の中にはある。

頭上にちりばめられた沢山の星達のささやきが、鮮やかに聞き取れるのではないかと思われるほどに夕闇の中で空気は冷たく澄んでいた。明日からはまた仕事に励まねばと車の中で自分に言い聞かせて帰途についた

人の命と夫婦の愛

二月の朝、新聞を取りに庭に出たら、太い霜柱が立っていた寒々とした庭の片隅に、人知れずひっそりと蝋梅の花が咲いていた。葉のない裸の枝の間から覗く青い空は笑っていた。私は蝋梅をみてふと何年も前の勤務医の頃の病棟でのある夫婦のことを思い出した。

二人部屋の窓際のベッドの片隅に蝋梅の花を生けた花瓶があり、そしてそこには不治の病の中年の男性が横たわっていた。朝早くから妻が来て世話をしていた。私は回診のたびにこの夫婦から人間の愛情について学んだ。仮借なき運命の下にあって、弱く不安に満ちた打ちひしがれた人間の魂が、妻の愛により、病と闘い絶望の中でも己を制して生きようとする、壮絶で哀しい美しさを夫の中に私はみていた。

不治の病でいずれ苦痛に満ちた悲惨な日々を迎える以外に望みなど無いと思われたのに、不安と苦悩に満ちた憂いを超えて、この哀しき夫は妻との豊かな愛を育んでいた。妻も不安と絶望に苛まされ疲弊しきっていたのに、光明と笑顔を愛情一杯で夫に注ぎ込んでいた。夫は衰え青ざめ苦痛に満ちていたにもかかわらず、妻の愛にこたえて、愛情のこもった喜ばしい暖かさに満ちた感謝の表情を妻にしっかりと示していた。

人間の命とは、そして夫婦の愛とはを考え、究極の夫婦の愛の形をしっかりと学んだような気がした。

吹雪の夜の寮の一室で

木枯らしが窓を叩く寒い夜などに、窓際の机で本などを読んでいると、学生時代の一人の友の顔を思い出す。

私は、明日はテストで『Quantum mechanics』（量子力学）という英文の原書の教科書を読んでいた。漸く半分が終わったところで、友が雪にまみれてノートの不明なところがあるといって僕の寮の部屋を訪ねてきた。二人で数式をいじりながら暫く一段落をしたところで一息ついた。お茶を飲みながら「神と愛」や「ギリシャ哲学」や「西洋哲学のヘーゲルやフォイエルバッハ」の話をした。そして最後に人の「生と死」の話をした。「人が生きることは善である」という友の話が出された時には、私は反駁した。「生きることが必ずしも善ではなく、死にも美がある」と。

友の瞳はつぶらで澄んでいた。明日の試験を脳裏にかすめながらも、二人で「生と死」について熱く語り合った。純粋で高貴な語らいであった。試験は優、良、可、不可の順で二人とも可で通った。苦笑した。

二年前に友はこの世を去った。去るときに、あの北国の深閑とした吹雪の夜の大学寮の一室での「生と死」の語らいを思い出したであろうか、とふと考えた。「純粋にして高貴なる友よ、北国の青春の思い出を枕に静かに眠れ」と願ってやまない。

もうじき大寒

お正月が過ぎ、小寒が過ぎ、もうじき大寒がくる。庭には厳寒の中でも奥ゆかしくひっそりと蝋梅の花が咲いている。光沢があり、やわらかな質感に包まれたひっそりとした控えめな花である。近づくと香ばしいにおいがして、枝一杯に花を咲かせている。まだ春は遠いと思った。

冬の色

厳寒の冬は色のない風景だが、私たちの周りを清楚にしてくれる。山の樹々も、雑木林も、そして藪の原野も、冬は全ての物を洗い出してくれる。

紺碧の空はどこまでも澄んで高く、樹木はおもいきって衣を脱ぎすて裸になる。そして冬は木枯らしの音を鳴り響かせながら、私たちにささやく。「自らの塵芥（ちりあくた）を捨てて裸になり、厳寒の中でも思い悩まず、希望を棄てず、じっと耐えて、暖かい春の光りを待て」と。

人が散り、人が集いて、今年も二月になった。冬の寒さにじっと辛抱し耐えた人にこそ、春の到来の喜びはいっそう大きいと云われる。

「冬来たりなば、春遠からじ」風邪など引かずに春の陽光を待ちつつ頑張りましょう。

父の言葉

木枯らしの季節の寒い朝に蝋梅の花を見ると、父の言葉を思い出します。「冬の花の無い時期に、控えめに可憐に、ゆかしく、そっと咲く蝋梅は、人に生き方を教えているようだ」と。そして「控えめに貧しくとも美しく生きよ」が父の教えだった。蝋梅をみるたびに今は亡き父の言葉を思い出す。

蝋梅の花と、冬の木々

私の朝の勤めは雨戸を開けることから始まる。髭を剃り、顔を洗い、それからルイ（老柴犬）を家から庭に出し、庭をぐるぐる回って小水をさせ、新聞をポストから取り、そして犬と一緒に家に入る。私は食事をして、自転車でゆっくりクリニックに向かう。

静かに家々の庭の木々をながめながら自転車を進める。側溝に沿ってゆっくり走ると、ある家の庭に二月の凍てつくこの季節に、葉もない寒々とした裸の枝に、はなやかさも無くただ可憐に人知れずひっそりと咲いている蝋梅の花があった。自転車を止めてよく見ると、花はうす黄色で蝋のような光沢とどこか質感があって、気品のある芳香を放っている奥ゆかしい花であった。

小さな側溝を離れて、家の角を左に曲がって広い道路に出ると、道路の脇には用水路があって大きな木が三本、間隔を置いて天に向かって葉のない姿ですっくと伸びている。

朝の早い霜の降りた地息を吸って、尾をふりふり鳴き交わすセキレイを見つめ、木木の細い冬枯れの枝に流れる張りつめた透き通った光を眺めて、私は自転車を進めながら、冬の木々は、すべての生きてきた虚飾を投げ捨てて本来の裸の姿だけで、立ち尽くしているのだと思った。それは今の自分の老いた姿にも似ていると感じた。

そしてやがて来る早春のやわらかい光を求めて、天をみつめまた新しい生き方を創っていくのだと実感した。

残された人生を、私も早春の風に乗って新しい生き方を求め、明日という未来に向かって、精一杯自転車を走らせたいと思っている

北きつね

時折激しく降る雪の日にそのS駅に着いた。中年の男性と初老の男性の二人が迎えに来ていた。中年の男性と名刺の交換をした。町立病院の事務長と名刺には書かれていた。もう一人の男性は病院の運転手さんと紹介された。このS駅から病院までは約二時間半かかるという。町の人口は四千人で養鶏と養豚も少しあるが多くの人々は酪農牛で暮らしているという。町立病院は五十床で、院長職は不在で、外科医が一人いるが手術室も無いので今は入院患者は癌末期の患者さん十人くらいを診ているとのことである。今日は夕方に町長宅へ挨拶に行って頂きたいこと、明日は朝八時一五分から病院全体の年初の会と私の紹介があるとのこと、そして明日から通常の診療を開始して頂きたいとのことなど縷々説明をされた。病院に着くと周囲はどこを見ても真っ白な静かな雪景色であった。その日は町長宅での挨拶は玄関で済ませ、寄宿舎に戻って荷ほどきをして身の回りの整理をして眠った。

翌朝、私は早く病院に行った。ふと見ると職員入り口で雪の中に仰向けに倒れて起きられないでいる若い女性がいた。駆け寄って起きるのを手伝おうとしたが、その眼差しは暗藍色の瞳の奥に命の悲しみにも似た深い憂いと強い拒絶が漂っていた。そして独りで必死になって横になり、うつ伏せになり、ふらつきながら立ち上がって、職員通用口に入っていった。その歩行は、歩くときに各足が中央線を越えて互いに交差する極端な痙性歩行であった。私は姉の歩行障害とダブらせて、彼女の暗く悲しく寂しい過去を覗いたような気がした。彼女は昨年入職した検査技師だった。

内科の診療が二年振りに始まるとの町の触れ込みで、普段よりはずーと多い患者さんが受診に訪れていた。言葉は遠い昔聞いたことのある訛りでとても懐かしかった。

ここは雪国でも特に豪雪地帯で有名なところだから、どんな雪でも町民はさほど苦にならないとのことだった。

患者さんが切れたときにはよく診察室の窓際に立って、ガラス越しに外の大きな庭の雪景色を眺めた。音もなく降る雪は何故かずっしりと心に積もってきた。全てを置き去りにしてきてしまったことに後ろめたさを感じながらも、この方法しか自分が生きられる道はなかったのだと苦しく自分に言い聞かせた。

二月終わりには、五十床の病棟はほぼ埋まった。そして私の仕事量は格段に増えた。外科医はマイペースで診療をしていた。何年もそうしてきてこの病院にいるとのことだった。二人だけの医局でも挨拶はするが、特に個人的なことを話すことはなかった。心に大きな傷を持っていた私には、とても有り難かった。

夜は食堂で栄養士さんの作ってくれた夕食を毎日七時頃に食べて、それから病棟で入院患者さんのカルテの整理をした。部屋に帰ってからは、病院の呼び出しベルを持って、毎日二㎞ほど離れたスキー場まで雪の中を歩いた。誰もいない夜道をスキー場の横の坂道を登り、町を一望できる高台で少し休み、引き返してくるのが日課になった。

夜の七時にもなるとこの町全体が戸締めになり、灯りが消え、冬の星座が澄み渡った夜空一面に美しくちりばめられた。そしてこの北国の天空から、純粋で透明な人間の生きることの悲哀が無窮の彼方からこの街の夜空に降りてきて、頭上にふりかざされ、まき散らされる様に感じた。そしてこの北国の町の夜だけは、なぜか何もないとても貧相な町なのに、日本のどの町にもない不思議なほど深閑とした、静寂で気品のある悲しいほどに美しい夜の姿を持っていた。雪と星の降るこの上なく静かでやさしくって美しい町、そして私の傷ついた心を暖かく包んで癒してくれる町であった。

ある夜、いつものように真っ白な星降る道を、町を一望できる高台に向かって歩いていった。高台に着くと山側の暗い木々の間に四つの黄色みを帯びた光がゆっくりと動いていた。近寄ると素早く四つの光は二個ずつ分かれて消えた。一週間ほど同じ状態が続いた後の月影も凍てつきそうな夜の弱い月光の中で、その四つの光が北きつねの目であることが分かった。まだ耳が十分大きくなっていない、まだあどけなさが残っている顔つきの子ギツネであった。

私の散歩は厳寒の雪の中でもほぼ毎日続いた。そして二匹の北きつねの子はいつでも私の来るのを遠巻きに待っていた。はじめは山際の遠くから、私だと分かると次第に木々の間から出てきて、ある距離を保ちながら二匹並んで座って私を見ていた。

病院にはいろいろな疾患を持った患者さんたちが集まってきた。ほとんどがお年寄りだった。それまでは二時間かけて隣の町まで受診に行っていたとのことであった。

病院には古い機械ではあるが上部と下部の内視鏡も腹部エコーもあった。それらの眠っていた機械を使って検査も開始した。高血圧、糖尿病、脂質異常症、肝障害、腎障害、消化器疾患などの慢性疾患管理小冊子を看護師長に渡して、出来るところは看護婦のところでやっていただくように頼んだ。日本の農村地域の例外に漏れず慢性疾患と癌が多かった。助かりそうな人はここから二時間かかる海沿いの大きな病院へ送った。

ある日外科医師からここ一～二ヶ月間、腹部膨満と右季肋部痛があってどうもよく分からない患者を入院させたので診てほしいとのことであった。年齢は六十六歳の男性で、長らく離島で漁師として働いていて、昨年生まれ故郷のこの町に戻ったとのことだった。検査を進めていくと胃や腸には大きな異常はなく、超音波で肝臓に大きな多発性の充実性とも嚢胞性とも見える石灰化を伴った病変があった。肝腫瘍マーカーは正常で、肝細胞癌とは思えなかった。検査結果からはエキノコックス症を疑った。犬や狐に寄生する多包条虫などの卵が体に入って、嚢胞状の幼虫になり肝臓などに寄生するものだ。この患者さんの経歴をみてもぴったりと当てはまった。診断をつけるためには血清反応が役立つ。

私は血清反応について相談のために検査室を訪れた。足の不自由な検査技師が顕微鏡をのぞいていた。私はエキノコックス症の血清反応についてその調べ方を尋ねた。目を伏せたまま、「すぐに調べて医局にお持ちします」との返答だった。その声は静まりかえった病院の中で、悲しいほどに高く響く澄んだ声であった。窓の外の雪をかぶった木々の中でも、木霊しそうなほど寂しく悲しく澄んだ響き渡る声であった。

のちエキノコックス症と診断し、外科的切除が必要と判断し海沿いの大きな病院へその患者さんを送った。

それから一週間もたたない間に、町から各家庭へ、警告として「エキノコックス予防のために、野犬とキツネには決して餌を与えてはならい」と云うチラシが配布された。

私は毎日多忙な日々を過ごした。病棟から部屋に帰ると、すぐに夜の散歩に出かけた。深閑とした静寂の夜の中で、一面に凍りついた雪を踏みしめる靴音は、地底深くから唸るような音を発し、極寒の北国の冬の凍てつく厳しい夜景の音そのものであった。

天を仰ぐと無数の星たちが、地上に落ちてくるのではないかと思われるほど、鮮やかに浮き出ていた。川に沿った道をスキー場の高台を目指して登っていると、いろいろなことが頭をよぎった。ここに来て心の傷を癒やす以外に他に生きる術がなかったのだと自分に言い聞かせた。妻には悪いと思っていた。

高台に着いて、雪の積もった木々の間を覗いたが子ギツネはいなかった。眼下に町を一望できる、雪で覆われたベンチに腰掛けた。半ば眠りについた町は深々とした雪の中で、わずかな家の明かりを灯すだけであった。空は星たちのささやきが聞かれるかと思われるほどにその夜は静寂の色を深めていた。

私は二つの出来事をまざまざと思い出していた。その日は朝早くいつものように出勤をして、病棟の回診に行った。私が入院させた患者さんが急変していた。明け方から血圧が低下し、意識がないとのことだった。当直の医師と看護師が必死で蘇生をしていた。何事が起こったのかと訝りながら慌てふためき、当直医と一緒に蘇生を続けた。家族に至急来ていただくようにと看護婦に告げた。当直医は大学付属研究所の医師で救急蘇生には全く不慣れであった。彼が一から二十を数えながら心マッサージを行い、私が口対口の人口呼吸法を行いながら、病棟の看護師に気管挿管の準備をさせ挿管をした。酸素を一分間に四リットルでの投与を指示し、また点滴で血管の確保をしたが、血圧は上がらず、悩みながらボスミン投与、メイロン投与の指示をナースに命じた。しかし血圧は全く上がらず、ノルアドレナリン、メイロン、塩化カルシウムの指示を矢継ぎ早に行い、モニター心電図に目を凝らした。心マッサージ時の波形しか出なかった。再度ボスミンの投与とソルコーテフの投与を看護師に命じた。しかしそれでも心肺停止の状態は全く改善されなかった。

蘇生の合間に、心電図のモニター画面を家族に見せながら駄目かも知れないと説明をした。そしてまた蘇生を何度も何度も繰り返した。甲斐無くそれから一時間半ほどで家族に死を告げた。私は主治医に後を頼んで外来に出た。心はとても虚ろだった。

それから一週間後、もう一人呼吸不全の患者さんが急死した。発熱と咳嗽で入院治療をし、経過は良好だった。妻はとても喜んでいた。しかし、突然深夜に、呼吸が停止した。いろいろ蘇生をしたが帰らぬ人となった。院長だった私が呼ばれた。死因の説明ができないままご遺体はご家族に引き取られた。帰り際に妻は泣きながら激しく私に詰め寄って、「お父ちゃんを返せ」と泣き叫んだ。私は立ち尽くしてされるがままにしていた。息子に止められてその妻は泣き泣きその場は立ち去った。

これら二つの出来事は家族から病院側の重大な過失として、裁判になりそうな気配だった。その後私はご両家とは何度も何度も話し合いをした。ご家族の強い愛情を感じては、心は何度も打ちのめされた。そして非を認め心底から詫びを申し述べた。

二年後に二つの出来事は示談が成立した。私の頭の中には、ご家族の悲壮な心の叫び声がいつも鳴り響いていた。この人達への「命の償い」をいつどんな形で行うべきかと考え悩んだ。そしてほとぼりが冷めたらこの病院を辞職しようと決心した。そしてこの二つの出来事は心にしっかりと封印をし十八年間、誰一人に語ることはなかった。夢で家族の悲痛な断末魔の様な叫び声が聞こえてうなされ、下着が汗でぐっしょりに濡れた。

大学時代の同級生で行政の管理職をしている友に電話をして、この雪の美しい町の病院に赴任した。いつものように夜の散歩でスキー場の高台に着くと、後ろの山の木々の間で、さらさらと流れるような雪の音を聞き、我に返って立ち上がって振り返ると、木の間から出てきてこちらをじっと見ているいつもの二匹のキツネを見つけた。やっぱり来てくれたかと安堵した。しばらく見つめ合った後、彼らに今日はこれでお休みと言ってもと来た雪道を戻っていった。

雪道の散歩と子ギツネとの出会いと病棟の多忙とで、一月から四月の冬を送り、北国の遅い春を迎えた。いつしか冬のゲレンデは見事な三色の芝桜で覆われた。毎夜遅くその横を通って高台を目指して歩いた。高台に着くとすぐに、大分耳も大きくなってきた子ギツネが二匹、高台の後ろの山から出てきて、距離を置いて座ってこちらを見ていた。以前ほどの警戒心はなくなっていた。お互いにはっきりと顔と匂いの交換はできた。

病院の庭には多くの樹木が植わっていた。用務員のおじさんが一人で世話をしていた。無口で優しいおじいさんだった。草木のことなら何でも知っていると病院食堂のおばさんが言っていた。垣根沿いに十本のリラ（ライラック）の木が一列に植えられていて、初夏の頃に香りを放って咲いている姿が大学の教養部時代を思い出しとても懐かしかった。紫と白の淡い色調の花は、どこか若き日のはにかみと頼りなさとを兼ねそえていて、はかなき思いを感じさせるからだ。教養部のドイツ語の教授が農学部の付属植物園に皆を連れて行って、二十種ほどのリラの並木の横でヘルマンヘッセの講義をしたことを思い出していた。

そして講義の最後に、リラの花冠の先は普通四つに切れているが、たまに花冠の先が五つに切れているのがあり、それをラッキーライラックと呼び、それを呑み込むと、愛する人が永遠に心変わりしないという言い伝えがあると教えてくれた。

八月の終わりに、町の年に一度の大きなお祭りが行われた。各集落ごとに歌や踊りや漫才や落語や寸劇などが行われるお祭りだ。優勝チームは豪華な賞品が貰えるというので、病院の職員もチームとして参加するので踊りの練習などをしていた。昼休みの病院の裏庭での練習を診察室の窓越しに何回か見た。ソーラン節の踊りは動きが良く迫力があって素晴らしかった。そして私は町長からその祭りの招待状をいただいた。祭の終わりには牛を一頭処分してバーベキューをするとのことだった。私はこの牛の話を聞いてからはどうも参加する気にはなれなかった。

よく晴れ渡った当日、病院の職員が部屋に来て強引に誘った。不承不承出かけていった。私の招待席がテントの中の町長の隣につくられていた。町長からは入院ベッドの満床での推移に謝辞が述べられた。また病院が活気づいてきたことがとてもうれしいとも話され、あと何年ここにいていただけるかとの質問もされた。曖昧に答えながら病院職員の集まっている場所に行った。バーベキューが始まると用意してあった牛の模型がかざられて、その場所であらかじめ用意してあった牛肉が配られた。私は安堵した。バーベキューが始まってまもなく、その歩き方で一目で誰もがすぐに分かる病院の例の検査技師が病棟の看護婦と一緒に参加した。無言で静かに一緒に来た看護婦の指図にうなずきながら、牛肉と野菜を少しずつ食べていた。くらい翳を漂わしている顔は、いつでも愁いと拒絶に満ちていた。祭りは表彰式が済んですべてが終わった。そして同時に北国の短い夏も終わった。

北国の秋は素早く通り過ぎる。病院の庭にも何本かの楓や銀杏や紅漆の木が植えてあった。鮮やかな色を見せてくれるのも束の間、すぐに落ち葉となって冬支度に入っていてしまった。遠くに見える山々の赤く燃えるような紅葉の姿にも、荒々しい自然の厳しさの中では、えも言えぬ美しさがあった。秋は美しい光彩を放って足早に消えていった。

病棟は相変わらず入院患者が多かった。外来もまた二年間の内科の不在を取り戻すかの如くに、患者さんは診察に訪れた。夜は相変わらずスキー場のわきを通って高台へ登った。子ギツネは夏の終わりから姿が見えなかった。どこへ行ってしまったのか、全く姿を現さなかった。

小雪がちらつく初冬の夜に、いつものように高台のベンチに腰を下ろして眼下の町の明かりをぼんやりと見つめていると、後ろの山のがさやぶが、ガサガサと音がした。振り返ると二匹の北キツネが並んで座っていた。「お久しぶり」と思わず声をかけた。ひょうきんなあどけない顔でこちらを見つめていた。尻尾は太くなったように見えたし、元気そうではあった。おそらく昨年春先に生まれて、秋に親と別れて兄弟で生きているのであろうか。耳の毛色から見るとやはり兄弟であろうかよく配色が似ていた。ここには鮭が上ってくる大きな川があり、ブナ林の最北の地でもあってリスもたくさんいるという。餌をとるには事欠かないと思われた。この間どこで何をしていたのであろうか。そして今日また何故ここに来たのであろうか。しばらくじっと見つめ合って、私はまた高台からキツネに別れを告げて坂を降りた。そしてまた夜の散歩に出かけて、高台でこの北キツネと毎日あった。私はいろいろのことをこの二匹の友に話しかけた。寂しかったこと、悲しかったこと、辛かったこと、苦しかったことなどとりとめもなく語った。時折大きな耳をピンと立て、首を少し傾ける時、何か話している言葉が分かってくれているような気もした。

二月になって口頭で事務長に内科の後任が見つかったらなるべく早く辞めたい旨を伝えた。その後で町長から二回の食事の誘いを受けて出かけた。一回目は遠く離れた湖の見えるホテルへ、二回目は海のそばのホテルへ、そこで慰留をされた。病院の建物と土地ごとすべてあげるからこの町立病院に残ってほしいとのことだった。二回目は一定期間この病院にいてくれたら病院に関わるすべてを贈与するとのことだった。丁重に断った。

内科の後任が決まり二月いっぱいで帰れることになった。故郷では準備が整っているとの連絡が入った。急ですべてが忙しくなった。お別れ会も送別会もお断りした。中途半端な勤務で申し訳ない気分でいっぱいなので、到底受け入れられる心の余地はなかった。

最後の夜に少し早い時刻に、いつものように雪の積った高台に登った。北キツネはどこからともなく現れた。何を知ってか二匹とも雪の上に寝そべった状態で動かなかった。お互いにはっきりと見つめ合った。そしてしばらくして「今晩でお別れだよ」と告げて戻ろうする私を追ってきた。「来るな、来ては駄目だ。見つかると捕まって殺される。」と声を発した。それでも追ってくる二匹の北きつねがとても愛おしく、こぼれる涙をぬぐいもせず、でも決して振り向かないで、雪道に足を滑らせながら宿舎に向かって一心に坂を下りた。

翌日、町の方々や病院の職員に見送られて、この雪に埋もれた純白で美しくも哀しい町を後にした。

キンセンカ

私はスーパーに買い物に行って、帰りに花売りコーナーによるのが常だ。

先日は早春の便りと云われている黄色のキンセンカ（金盞花）を買った。キンセンカの意味は金の杯という意味だそうだ。キンセンカには伝説や功名譚がある。西欧伝説に、クリムノンという青年が日の神フェーブスを慕い続け、彼の純愛がフェーブスに届きやがて二人は愛し合うようになる。これを雲の神が妬みフェーブスを隠してしまい、そしてクリムノンは雲の神の邪悪な暴風雨に打ちのめされて死んでしまう。

フェーブスは自分を純粋に愛してくれたクリムノンをいとおしみクリムノンの姿を自分の面影に似せた金色の花に変えて、いつまでもいつまでも愛し続けたそうである。この花がキンセンカだ。

また中国では、昔、疫病が流行したとき、若い医師が夢で「東野に咲く黄色の花をこの疫病に用いよ」との暗示を受けて、多くの病人を救ったとの話がある。この東野に咲く黄色の花がキンセンカだったそうだ。

この若い医師はのち出世して皇帝の侍医になったそうだ。キンセンカは薬用植物の一つでもある。

キンセンカの花言葉は、暗い悲しみと嘆きだ。

今年の三月は何か早春の喜びを感じられない季節である。毎日ロシアのウクライナへの侵攻のニュースを見るたびに、深く心がえぐられる感じがしている。ポーランド国境を越えて、肉親と別れて避難していく人々の声などの生々しい情報は、見るに堪えない。

人と人とが引き裂かれていく苦悩、自分も引き裂かれていく苦悩、戦争という恐ろしい力は、人間を完全に引き裂いていくのだという映像がそこには映し出されている。

戦争は人間を敵と味方に引き裂き、修復できない極限の状態まで引き裂き、また夫婦を、親子を、兄弟姉妹を、友情を、これらすべてを余すところなきまでに引き裂いていく。人間をしてもっとも非人間たらしめる戦争を決して許してはならないと思う。戦争で傷を受けた人たちは、生涯その傷から癒されることはないと言われている。

私たちはいかなることがあろうとも、戦争の悲惨を繰り返してはならないと思う。

戦争によって引き起こされる人間の自己疎外は、大岡昇平作の『野火』と云う文学作品の中に実話を踏まえた内容で克明に記されている。

私たちは正義と秩序を基調とする国際平和を希求し、武力による威嚇や行使や、まして戦争による手段で国際紛争を解決してはならないと思う。私たち医療人は最も人の命を大切にしている。

ロシアによるウクライナ侵攻を見ていて、つくづく感じることは日常から国民がいかに民主的素養を身に着け、戦争をしない賢い指導者を選ばなければならないかという事だと思っている。

一日も早く武力をやめて、平和的に解決してほしいものである。

贈る言葉

卒業生の皆さん、ご卒業おめでとうございます。心よりお祝い申し上げます。

医療に対する考え方が時代と共に大きく変わってきました。しかし、決して変わらないものもあります。それはギリシャ時代の医聖・ヒポクラテスの医療観です。それは歴史の時間と空間を超えて、滔滔と流れている医療の真髄です。

また「すべての人間は、生まれながらにして自由であり、かつ、尊厳と権利について平等である」（国連　世界人権宣言）と云う言葉でも我々に呈示されております。

肉体的にそして精神的に病める人々への限りない共感を持って医療を実践していく時ほど医療の内容が輝くときはないと思っております。そのためには医療の専門的な知識が要求されます。日進月歩、医学は激しく進歩しております。我々医療人にとって、医学・医療は自分の生涯を通じての学ぶべき日常の課題であろうと思います。

一生医学を学ぶ心を持って、患者さんに寄り添う心優しき医療人になってください。

贈る言葉と致します。

命ある限り生きるために

春は別れの季節であり、また旅立ちの季節でもある。住み慣れた場所から、未知の環境へ移らねばならない。それは希望であったり不安であったりする。

私の青春時代の最も大きな心のテーマは「人は何故生きるのか」ということだった。このような心のテーマが生じた所以とは、一つには時代的な環境であり、二つには教育的環境であり、三つには家庭的な環境であったと思う。

戦後の混乱と復興、そして国中が追い求めた高度経済成長の中で、個々に残されていった貧困、また教育の中でのひずみなどから、生きるための真の目標が定まらない時代でもあったように思う。このような中で「人が何故生きるのか」などの哲学的テーマを秘めて、苦悩する青年達が多くいたことは故なきことであろう。

「可能性なくしては、人間はいきられない」とキルケゴールは云う。可能性とは親密な人間関係であり、仕事などの社会的な活動であり、趣味などの活動である。またこの可能性を実現するためには、健康であることとお金と時間が必要であるのは云うまでもない。

そして、生きていく上で誰もが考えていなくてはならないのは「死」であろう。医学的には人間には遅かれ早かれ必ず訪れる宿命でもある。この「死」と向き合い対峙することによって、自分にとって大切なものとは何かを問い直して、選択出来るようになる時「人が何故生きるのか」と云う本当の意味が理解できるのかも知れない。立ち止まって、振り返って、大事な物を選んで生きていくとき、また生きることの喜びが実感できるのかもしれない。私の年齢になると「人は死を意識しつつ生きる」という意味が自ずと分かってきた。

自分も含めて人間は何を求めて生きるべきなのかと時々考える。究極には「よろこびに満ちて自由に生きること」だと思う。恨みも妬みもなく清涼な心で生きられる時「人が何故生きるのか」が分かるのかも知れない。ニーチェは「よろこびに満ちて自由に生きること」のためには、人生からよろこびを汲み取ろうとする意欲が必要だと云っている。

今私達の生きている環境は極端な形で個別化している。コンビニの展開、インターネットやスマホの発達などで、他人との直接的な関係を持たなくとも生きられるようになった。

今の日本には、相互に信頼し頼りあい相談をしていく人間関係が狭められている。一緒に遊び、一緒に話し合い、一緒に生きていける人間関係の持てる環境をつくっていく必要がある。

これは一個人、一地域で出来る話しではない。社会全体で考えながら、個々に変えていく作業が必要であろう。

身近に出来るところから、まずは家庭や職場から、自らを変えて人間関係の構築をしていく必要がある。この努力の中から「よろこびに満ちて自由に生きること」をつくっていかなければならないのではないかと思う。

希望という風に乗って、私も最後の人生を命ある限り、よろこびに満ちて自由に生きるために精一杯努力してみたい。

おわりに

拙き文章をお読みいただき感謝申し上げます。

この随想は、その時々の季節の中で感じたこと、回想したことなどを、「つれづれなるままに、心にうつりゆく由なしごとを、そこはかとなく書きつづった」ものである。時系列をあえてとることなく、種々雑多に書いていたものを、季節を軸に並べてみた。書いた時期も年齢もない交ぜにしてある。あえてそうした理由は、どのページから読み始めても、分かりやすい内容だからである。

私の医師としてのモットーは、医師は医師である前に患者さんと対等の人間であること、そして患者さんの肉体的な痛みと精神的な苦悩に共感できる心を持つことである。そしてこの信念のもとに、不十分ではありながらも、苦節五十年小さな実践をしてきた。

医療とは医師・医療従事者と患者さんによる共同の営みであると思っている。そして医師・医療従事者と患者さんとのお互いの人間的な信頼関係から、共同で病を克服していくことが本当の医療ではないかと思っている。大変に困難な事ではあるが。

私は、日々心を澄まして深く静かに患者さんの心をみつめる努力をしてきた。そして共に喜び、悲しみ、悩み、怒り、苦しんできた。そして時には大きな困難に遭遇してはうろたえ、打ちひしがれた。こういった日常の気持ちを背景に、自然の中に癒しを求めて観たこと、感じたこと、経験したことを、随想として書き綴ってみた。

つたない一人の医師としてまた人間としての生きた姿を垣間見ていただき、何か共感していただけるものを感じていただき、明日への小さなよすがとなっていただければ幸いです。

最後に光陽出版社の遠藤修様には今回も甚大なご努力をいただきましたことをこの紙面をお借りしまして厚く御礼申し上げる次第です。

[著者略歴]

後藤　千秋（ごとうちあき）

1946年　茨城県日立市生まれ
北海道大学理学部卒
秋田大学医学部卒
東北大学大学院医学研究科

医学博士
日本糖尿病学会専門医
日本内科学会認定内科医
日本糖尿病協会療養指導医
日本医師会認定産業医

主な著書
『糖尿病合併症の知識』
『糖尿病の合併症と治療の最新知識』
『高齢期を健やかに生きるための春夏秋冬』

四季折々の随想―季節の随想を風に乗せて―

2022年8月2日発行

著　者　後 藤 千 秋
発行者　明 石 康 徳
発行所　光 陽 出 版 社
〒162-0818 東京都新宿区築地町8番地
TEL03-3268-7899　FAX03-3235-0710
印刷所　株式会社光陽メディア

Chiaki Goto Printed in Japan 2022
ISBN 978-4-87662-635-8　C0095